KB156119

멧돼지의 일장춘몽

# 멧돼지의 일장춘몽

1판 1쇄 인쇄 2023년 10월 13일
1판 1쇄 발행 2023년 10월 23일

—

지은이 정해랑

—

발행처 해토
발행인 고찬규

—

신고번호 제2009-000194호
신고일자 2003년 4월 16일

—

주소 (04029) 서울특별시 마포구 양화로7길 84 영화빌딩 4층
전화 02-325-5676
팩스 02-333-5980

—

값은 표지에 있습니다.
ISBN 979-11-982233-5-7  03810

# 멧돼지의 일장춘몽

정해랑 시집

하이토

# 차례

007    멧돼지의 일장춘몽, 그 첫째 이야기

017    멧돼지의 일장춘몽, 그 둘째 이야기

027    멧돼지의 일장춘몽, 그 셋째 이야기

037    멧돼지의 일장춘몽, 그 넷째 이야기

046    멧돼지의 일장춘몽, 그 다섯째 이야기

058    멧돼지의 일장춘몽, 그 여섯째 이야기

070    멧돼지의 일장춘몽, 그 일곱째 이야기

085    멧돼지의 일장춘몽, 그 여덟째 이야기

096    멧돼지의 일장춘몽, 그 아홉째 이야기

108    멧돼지의 일장춘몽, 그 열째 이야기

117    멧돼지의 일장춘몽, 그 열한째 이야기

127    멧돼지의 일장춘몽, 그 열둘째 이야기

136    멧돼지의 일장춘몽, 그 열셋째 이야기


145    발문

147    시인의 말

# 멧돼지의 일장춘몽, 그 첫째 이야기

## - 귀곡성(鬼哭聲)과 괴보성(怪步聲)

옛날 아주 먼 옛날 아주 아주 먼 나라에
멧돼지라 불리는 사나이가 있었더란다
몸집이 멧돼지 같아서 그렇게 불리기도 했다지만
멧돼지처럼 한번 돌진하면 후퇴를 모르고
뭐든지 집어먹으려 하는 욕심이 과해서
그리 불렸다고도 하는데
그 사나이 그리 불리는지 아는지 모르는지
그거야 뭐 믿거나 말거나이고

암튼 이 사나이 하는 일이
낮에는 낮술 마시고 밤에는 밤술 마시고
낮이나 밤이나 술술 마시면서
사람 잡는 의금부 칼잡이 노릇을 했다던데
죄 많은 놈 잡지 않고 풀어 주고
죄 적은 놈 탈탈 털어 잡아 넣고
죄 없는 놈 만들어서 잡아 조지고
이리저리 칼을 휘둘러 늦은 등과에도 그럭저럭 했는데

별생각 없이 공주에게 개기다가

정확히는 공주 똘마니들한테 개겼겠지
암튼 의금부에서 이리저리 굴러다니다가
공주가 촛불 든 개 돼지 백성들한테 쫓겨나자
개긴 경력이 뭔가 있어 보이는 듯하더니
갑자기 공주를 조사하는 자리에 앉고
벼락출세를 하여 의금부 대장까지 되었것다
이런 걸 새옹지마라고 했다던가

이 사나이 내친김에 새로운 임금한테도 개겼다는데
의금부 권한이 너무 커서 줄이려고 해서 그랬다지
사람보다 의금부에 충성하는 게 이 사나이 신조였다
는 거라
공주파 잔당들 쥐새끼파 잔당들이 있어
쫄딱 망하는 줄 알았다가 이게 웬 떡이냐 살길이 열렸
네
이 사나이 찾아가서 새 임금이 되어달라 간청을 하는데
껄쩍지근 하기도 하지만 그럴 때 나서기 좋아하는 멧
돼지
마침내 별을 보는 순간을 가진 거라

8

임금은 하늘이 내리는 법이지만 보이지 않는 노력도
있으니
　그 뒤에서 열심히 내조한 눈물겨운 여인네가 있었더라
　사람들은 그이를 가니라고 불렀다는데
　하도 간을 잘 봐서 간이 가니가 됐다고도 하고
　딴 데로 잘 가서 어디 가니 했다가 가니가 됐다고도
하고
　수도 없이 갈아치워서 또 가니 해서 가니가 됐다고도
하는데
　이 여인네 역시 자기가 그리 불리는지 아는지 모르는지
　그거야 뭐 믿거나 말거나이고

　늦은 나이에 한 쌍의 부부가 된 멧돼지와 가니
　겉으로는 안 맞는 것 같은데 하나 딱 천생연분인 것이
있었으니
　두 사람 다 도력에 대한 무궁무진한 신뢰가 있었다는데
　이 여인네 내공이 웬만한 고승 무당 저리 가라 하고
　멧돼지라 불리는 사나이도 과거 공부 시절
　하도 낙방만 하여 포기하려다 법사 말 듣고 늦게라도

된 경험이 있어
　도술이라면 철석같이 믿는 데가 있었더란다
　도력으로 굳게 뭉친 사나이와 여인네 큰일을 이루었으니

　임금이 되자마자 가니가 멧돼지에게 한다는 말이
　오빠 어떤 인간이 나더러 평강공주래ㅋㅋ
　그럼 오빤 뭐야 바보 온달 호호호
　가니가 한참동안 자지러지게 웃더니 하는 말이
　오빠는 지금까지처럼 내 말만 들어야 돼
　제일 먼저 할 일은 임기가 시작돼도 궁궐에는 들어가
지 마
　거긴 악한 기운이 가득 차 있어서
　살아서 나올 수가 없는 곳이야 명심해야 돼

　귀신 때문에 궁에 못 들어간다고 하니
　멧돼지 체면에 쪽팔려서 어떻게 하나
　그러자 가니가 하는 말이 누가 무섭다고 광고하고 다
니냐
　백성이 주인이라고 하는 세상이니 거기 맞게 하면 된다

궁궐을 백성에게 돌려준다고 하고 문을 활짝 열어라
그렇지 백성이 주인이라고 육법전서에도 나와 있더라
그래도 법 공부 좀 했다고 멧돼지가 한번 아는 체를
해보는데
가니 표정이 별로 좋지 않더라

이런 멍충이 맨날 가르쳐 줘도 모르냐
백성이 주인인 게 아니라
백성이 주인인 것처럼 해야 한다는 것이다
암튼 난 귀신 소리 나는 궁궐에는 못 가니 그리 알아
선언하고 싸늘하게 돌아서는 가니
그 표정이 무섭기도 하지만
희한한 건 멧돼지에게도 그 소리가 들리는 거라
식당 개 삼년이면 라면을 끓인다더니 멧돼지도 가니
따라 내공이 늘었나

그리하여 가니가 짰는지 그 뒤의 무슨 스승인가가 짰
는지는 몰라도
아무튼 멧돼지가 일할 편전과 가니와 함께 있을 침전

이 다 정해졌는데
　멧돼지라 불리는 이 사나이가 할 일은 그저 밀어붙이
는 일
　도성 바로 밖에 미르뫼라는 곳이 있어
　예부터 거기 터를 잡으면 미르 같은 사람이 나타난다
고 했다던가
　미르뫼에 병조가 있으니 방 빼라고 하고 거기 들어가고
　그 옆에 바로 대국 쌀나라 군대가 있으니
　거기 찰싹 붙어 있어도 좋다는 가니의 말씀

　이리하여 듣도 보도 못한 일이 벌어졌겄다
　임금에 당선되자마자 여기저기 방 빼라고 하고
　병조를 옮겨야 하니 안보가 불안하고
　괜한 건물들 이리저리 뜯어 고치니 돈도 엄청나게 들고
　백성에게 궁궐을 돌려준다고 말은 하지만
　누구와 이야기도 하지 않으니
　이런 불통이 어디에 또 있다더냐
　하지만 그보다 더 큰 문제가 기다리고 있었으니…

때는 바야흐로 한여름 같은 늦봄이라

편전에 앉아서 이 상소문 저 상소문 보고 있던 멧돼지

간밤에 마신 술이 아직 덜 깼는데 점심 때 반주로 낮술까지 했것다

이 글자가 저 글자 같고 희고 검은 것만 구별되다 말다 하는데

어디선가 들려오는 귀신이 곡하는 소리

궁궐에 귀신이 있다더니 여기까지 들리나

놀라서 내시를 불러 물으니

아뢰옵기 황공하오나 개 돼지들이 편전 앞에 와서 떠드는 소린 줄 아뢰오


돼지라는 소리에 잠이 확 달아난 멧돼지

돼지나 멧돼지나 동족이 아니던가

아니지 나는 어디까지나 돼지가 아니라 멧돼지임을 잊지 말자

이 또한 가니의 엄명이니 다짐하고 다짐하는데

이번에는 또 가니가 개를 안고 들어왔것다

어서 와요 가니 호호 오빠 또 낮술 했구나

스스럼 없이 편전 용상에 앉는 가니
멧돼지는 입맛만 쩍쩍 다셨는데

이거 한 장 찍어서 내 팬들에게 돌려라
가니의 엄명에 내시가 바들바들 떨며 한 장 찍었것다
카메라가 흔들렸잖아 다시 찍어라
또 다시 또 다시 찍어도 흔들리는 카메라
무언가 멀리서부터 들리는 쿵쿵쿵… 괴물이 걷는 듯
한 소리
아뢰옵기 황공하오나 개 돼지들 말이
이곳 미르뫼에 쌀나라 군대가 기름을 많이 뿌리고 안
치워서
그만 괴물이 생겼다고 하옵니다만

아 그 바람에 소스라쳐 놀라서 이리 뛰고 저리 뛰다가
의자에서 굴러떨어져 낮잠에서 깨어났것다
몽롱한 기분에 임금이 진짜인지 멧돼지가 진짜인지
도무지 낮술 때문에 알 수가 없구나
새옹지마가 모두 일장춘몽이로세…

멧돼지의 일장춘몽 그 첫째 이야기
아주 먼 옛날 아주 아주 먼 나라의 이야기란다
믿거나 말거나…

# 멧돼지의 일장춘몽, 그 둘째 이야기
– 새가 날아든다, 웬갖 검새가 날아든다

옛날 아주 먼 옛날 아주 아주 먼 나라에
멧돼지라 불리는 사나이가 있었는데
이 사나이가 졸지에 임금이 됐것다
왜 멧돼지라 불리는지 어떻게 임금이 됐는지는
지난번에 야그했으니 그건 생략하고
암튼 임금이 됐으니 정승 판서 참판도 임명하고
문고리를 잡고 있을 승지도 임명해야 하는데
솔직히 이 사나이 의금부 벼슬아치 말고는 아는 사람
이 별로 없는 거라

그래 고민 고민하다 믿을 놈은 역시 오래 아는 놈이다
40년 지기부터 시키고 보자 했것다
이 친구 의원 생활 40년 했다고 해서
보건 복지 관련 판서면 딱이다 했는데
아 글씨 딱 찍자마자 상소문이 빗발치고
신문고가 쉴 틈이 없었으니
할 수 없어서 말에서 떨어지라고 했는데
끝까지 개기더니 결국 떨어지고 말았것다

이제 누구를 뽑아야 하나 고민 고민하는데
하나 딱 믿을 만하고 똘똘한 놈이 있어
이름하여 훈새라고 하였더란다
훈새라고 훈남인 것은 아니고 기생 오래비 같은데
일 하나는 똑소리 나게 잘하고
무엇보다 멧돼지가 부러워하는 것은
쌀나라말을 기가 막히게 잘하는 거라
의금부 시절 너무 가까웠지만 에라 그게 뭔 대수냐

부동산 투기해서 돈 벌었다고 시비 거는 놈
그거야 지가 못하니까 시기하는 것이겠고
딸내미 논문 대신 쓰게 했다고 뭐라고 하는 놈
그것도 지 새끼는 그리 못 하니 배가 아픈 것이겠고
말이야 바른 말이지 멧돼지네 가니도 학력 위조했잖아
처가가 이리저리 돈놀이하면서 탈법을 했다는데
가니 엄마가 한 짓에 비하면 새발의 피지
그래 됐다 훈새를 미는 거다 밀어붙이는 거다

베갯머리 송사로 가니에게 말을 하니

가니가 누구인지 왜 가니라고 불리는지
이것도 지난번에 야그했으니 건너뛰더라고
멧돼지가 의금부 대장 하던 시절부터 연통을 했다는데
멧돼지 익히 아는 일이기는 하지만
그래도 조금 거시기 하긴 해도
암튼 가니가 윤허를 했으니 됐다고 생각하고

그 뒤로 줄줄줄줄 의금부 벼슬아치들로
판서 참판 승지를 두루두루 채워갔것다
의금부 벼슬아치를 저잣거리에서는 검새로 일컬었는데
한번 그 이름을 불러보자
형조판서에 훈새가 날아든다
핸폰 비번 안 까고 버티는 깡다구 훈새가 날아든다
형조참판에 공새가 날아든다
멧돼지 사단에는 아주 드문 아녀자 공새가 날아든다
영의정 비서실장에 근새가 날아든다
영의정 허수아비로 만들 아주 묘안이로세
육법전서 유권해석하는 판서도 있다 하던데
멧돼지와 동창이고 변호도 해주던 규새가 날아든다

어디 보자 승지에는 누구를 시킬꼬
벼슬아치들 기강을 바짝 잡아야 하는데
세작 조작했던 원새가 딱이로세 조작 조작 조작
가니 주가 조작 변호해 주던 준새는 뭘 줄꼬
그렇지 정보기관 기조실장이란 것이 있다 하네
이제 남은 것은 돈 만지는 금융기관 감독하는 자린데
얼씨구나 검새라도 경제 공부한 놈이 있네 현새를 거
기 앉히세

기분이 좋아서 책장 뒤에 숨겨 놓은 양술 한 병 꺼내서
홀짝 홀짝 낮술을 하고 있는데
가니가 편전으로 들어왔것다 얼른 숨기고 맞이하는데
가니 안녕 오빠 술 한잔했수 기분이 좋아 보이네
이리저리 검새로 판서 참판 승지 앉힌 이야길 하니
가니 오랜만에 멧돼지한테 칭찬을 하는구나
인사가 만사이니 형조판서에게 인사검증권을 주고
문고리가 중요하니 핵심 승지는 검새로 채우라는 가니
의 말씀

얼씨구나 좋을씨구 가니한테 칭찬들어 좋고

검새들과 팀웍 이루어 검새나라 만드니 좋고

가니와 둘이 춤을 추는데 가니 갑자기 멈추더니

오빠 나도 방 하나 있어야겠어

웬 방 내 방이 가니 방이고 가니 방이 가니 방 아니야

가니만 쓰는 방이 없잖아. 가니가 자유롭게 쓸 수 있는 방 말야

법사와 도 이야기도 하고 훈장들도 불러서 오빠 모르는 높은 이야기도 하고

그냥 편전 쓰면 되잖아 여기 불러 와서 이야기해

에이 그러니까 벌써 말들이 많잖아

내가 오빠 편전 위 5층을 꾸며 놓을 테니 오빠 도장만 찍어

멧돼지 떨떠름했지만 뉘 명이라고 어기겠는가


그때 창밖에서 들려오는 소리가 있더니

새가 날아든다 웬갖 검새가 날아든다

호호호 이거 새타령이잖아

가니가 신나서 부르고 멧돼지도 따라서 이중창을 하

는데
　　근데 오빠 검새가 뭐지 글쎄말이야 나도 처음 듣는데
　　저잣거리에는 쇼하러만 나가봤으니 알 턱이 있나
　　내시에게 물으니 바들바들 떨면서
　　아뢰옵기 황공하오나 검새란 의금부 벼슬아치를 일컫
는 말이라 아뢰오

　　아니 누가 감히 의금부 벼슬아치를 그리 말한단 말이냐
　　흥분한 멧돼지 씩씩거리며 편전 안을 돌아다니는데
　　호호호 재밌네 검새라 오빠 그 말 괜찮다
　　그럼 오빠 뭐야 멧돼지 검새인가
　　몸통은 멧돼지에 날개가 달렸다 호호호
　　가니가 재밌다고 하니 멧돼지 그냥 허허 웃고 마는데
　　가니는 호호호 멧돼지는 허허허 하는 찰나
　　어디서 딱딱딱 하는 소리가 들리는구나

　　이게 뭔 소리냐 여봐라 게 아무도 없느냐
　　내시가 바들바들 떨면서 들어왔겄다
　　아뢰옵기 황공하오나 검새들이 새총에 하나 둘

아니 뭣이라고 어찌 그런 일이
검새 잡는 촛새라고 있사옵니다
이전에 촛불 들고 공주 잡던 개 돼지들이
이젠 날개까지 달려 촛새가 되더니만
새총을 쏘고 난리인데 그만 검새들이 하나 둘

멧돼지 기가 막혀 하는데 창밖에 촛새가 날아다니는
구나
그것도 떼거지로 날아다니며 새총을 쏘는구나
유리창을 뚫고 쏟아져 들어오는 새총알을 피하다가
가니에게만큼은 기사도 정신이 살아 있는 멧돼지
가니가 맞을까 그 큰 몸으로 가니를 감싸고 날아올랐
것다
하늘 높이 올라갔으나 따라오른 촛새들 쏘는 새총을
수도 없이 맞는데
꿈인지 생시인지 도무지 알 수가 없구나
이건 뭐 멧돼지가 진짜인지 검새가 진짜인지

새가 날아든다 웬갖 촛새가 날아든다

새 중에는 봉황새 참새 짭새 검새 촛새
그중에 으뜸이 검새 잡는 촛새라는데
멧돼지의 일장춘몽 그 둘째 이야기
옛날 아주 먼 옛날 아주 아주 먼 나라의 이야기란다
믿거나 말거나…

# 멧돼지의 일장춘몽, 그 셋째 이야기

– 달려라 멧돼지, 몽골 기병처럼 달려라

옛날 아주 먼 옛날 아주 아주 먼 나라에
멧돼지라 불리는 사나이가 있었더란다
이 사나이가 뭐하는 사나인지 왜 멧돼지라 불리는지는
이제 온 백성이 다 아니 그만하고
이 사나이 진짜 어쩌다 임금이 된 뒤
생각하는 거라고는 어떻게 폼을 잡을 거냐
어찌하면 반대붕당을 꺾어 놓을 거냐
그 영수들을 어떻게 잡아넣을 거냐 하는 것이렷다

잡아넣고 조리 돌리고 뺑튀기하는 데는 도가 튼 멧돼지
의금부 시절 형조판서를 그렇게 해서 물러나게 했것다
물러나게만 했는가 그 마누라 잡아넣고 딸래미 학교
쫓아내고
원래 검새는 불러 조져가 특기인데
멧돼지 이 인간이 검새 대장을 하면서는
뒤져 조져가 무기로 자리 잡았는데
뒤져라 뒤져라 집안을 몽땅 뒤져라 일터도 뒤져라
뒤져서 안 나오면 짜장면 시켜 먹으면서라도 뒤져라
애들 일기장까지 뒤져라 성적표도 뒤져라

머리부터 발끝까지 먼지 하나 놓치지 말고 뒤져라

뒤지고 뒤져서 꿈에서도 뒤지는 꿈꾸게 만들 정도로 뒤져라

이리하여 멧돼지와 그 수하 검새들을 몽골 기병이라 불렀겄다

자 그때처럼 뒤지려면 몽골 기병 검새들 진영을 정비 해야 하는데

아직 의금부 대장이 없어서 좀 거시기 한 거라
법으로는 의금부 대장이 없으면 안 되는 것인데
에라 모르것다 형조판서로 훈새를 임명했으니
훈새가 알아서 검새 진영을 짜라고 하자
그리하여 이곳저곳에 수하들을 박아 놓고
이제부터 작전 개시로 들어가는데

첫 번째 목표는 임금 선거 때 맞섰던 인간
그때부터 천한 것이 까불더라니
뭐 지하고 나하고 특별의금부를 하자나 뭐 하자나
그래서 이보세요 이보세요 하면서 호통을 치니
이 친구 움찔하더구만 조사받는 놈들이 다 그렇지
헌데 이 친구 좀처럼 안 걸려 들어
땅 개발하는 사업에서 틀림없이 돈을 먹었을 텐데
생각 같아서는 확 뒤져서 잡아넣고 싶지만
임금이 돼서도 그게 쉽지는 않더란 말이지

사실 그것은 멧돼지도 찜찜한 구석이 없는 건 아닌데
그래서 그냥 덮을까 말까 망설이고 있었것다
그 밖에도 이것저것 걸려드는 것이 있는데

그 마누라가 관찰사 카드로 초밥과 고기 사먹었다지
150만 냥이라는데 150군데 뒤져서 초죽음 만들고
이제 본인을 겨냥하려는 찰나
바깥이 시끄럽다 내시를 불러서 뭐냐고 물으니
아뢰옵기 황공하오나 아뢰옵기 황공하오나
그것만 연발하면서 벌벌 떠는 거라

아 그만 황공하고 빨리 말해라
아뢰옵기 황공하오나 또또 그놈의 황공이냐
그게 저 개 돼지들이 중전마마를 특별의금부에서 조
사해야 한다고
뭐가 어째 어떤 놈들이야 당장 잡아들여라
저 그것이 지금은 백성이 주인인 척하는 세상이라
백성들에게 그 정도 발언권은 있기 때문에
그런 말 했다고 잡아들일 수는 없는지라
알겠다 그러면 과인의 말이라고 전해라
과인이 누구냐 법과 원칙 공정의 사나이 아니냐
법과 원칙에는 과인의 가족도 예외가 없다고 전해라

멧돼지는 자기가 말하고도 멋있는 것 같아서 으쓱하
는데
  내시가 재빨리 뛰어나간 사이에
  가니가 사랑하는 강아지를 안고 들어왔것다
  가니는 멧돼지의 아내인데
  왜 가니인지는 만백성이 다 아니 그만하고
  오 가니 어서 와요 가니를 반가이 맞이하는데
  왠지 찬바람이 쌩 도는 거라
  오빠가 나를 법과 원칙에 따라 조사하라고 했어?

  오빠도 잘 알지만 그러면 나는 쇠고랑이야
  주가 조작했지 허위 경력 썼지 엄마하고 짜고 사기 쳤지
  그래 나 감옥에 넣고 어떤 년하고 놀라고 그래
  당황한 멧돼지 큰 몸집을 움직이면서 허둥대는데
  아니 그게 아니라 법과 원칙대로 하라는 건
  법으로는 검새가 기소 안 하면 끝이야
  그래서 검새들을 다 내 수하로 짜 놓았잖아
  우리 가니를 누가 건드려 걱정 말아

이 말 듣고 가니 얼굴이 조금 피었겠다
사실 그런 점에서는 오빠가 믿음직스럽지
법과 원칙도 그때 그때 다르고 팔은 안으로 굽고 호호
근데 말이야 여론이라는 게 있잖아
지금은 옛날과 달라서 백성이 주인인 척해야 하거든
그거에 밀려 가지고 나를 희생양으로 삼을까 봐
에이 가니가 나를 여기까지 오게 했는데 그럴 리가 있나
그러니까 오빠 정신 단단히 차리고
그 인간과 마누라를 확실히 잡아 넣어야 돼

알았어 걱정하지마 몽골 기병 검새 출동시킬 테니까
근데 이번에는 확실히 잡아 넣어서
다음에 임금이 되겠다는 꿈도 못 꾸게 해야 돼
그렇게까지 하는 수가 있나
오빠 그러니까 나보다 법을 더 모른다니까
지난번 임금 선거 때 이 인간 사는 집 옆에
이상한 숙소가 있었거든 그걸 뒤져야 해
그래서 선거법 위반으로 잡아 넣어야 해
선거법 위반이면 이후 선거에 못 나오잖아

아하 그런 수가 있구나 역시 우리 가니 없으면 난 못
살아
그래야 다음 번에 우리 훈새가 임금이 되지
우리 훈새라는 말이 좀 껄떡지근하게 들리기는 하는데
오빠가 상왕이 되어서 천년 만년 누려야
오빠도 나도 엄마도 만수무강할 수 있잖아
상왕이 되라는 말에 그저 기분이 좋아진 멧돼지
그 말을 듣자마자 내시 시켜 승지를 부르고
훈새에게 전령을 보내 어명을 전달했것다

달려라 달려라 달려라 몽골 기병 검새들아 달려라
근데 오빠 직전 임금은 안 넣을 거야
그게 좀 거시기 해서 짱을 봐야지
그 마누라 옷값 가지고 걸어 봐
뒤지고 뒤지고 또 뒤지고
기레기들한테 뻥튀기해서 뭔가 있는 듯 만들고
그래 좋아 이번 기회에 싹쓸이 해보자

낮술 땡기는데 가비얍게 딱 한 잔만 할까

평소 같으면 펄펄 뛸 가니가 이번에는 가만있는데

한 잔도 다 마시기 전에 내시가 헐레벌떡

큰일 났사옵니다 큰일 났사옵니다

술맛 떨어지게 또 뭔 일이냐

아뢰옵기 황공하오나 아뢰옵기 황공하오나

답답하구나 빨리 아뢰렷다

몽골 기병 검새의 말들이 글씨 죄다 풀에 걸려 자빠지고

그 바람에 검새들도 줄부상을 당했다고 하는디

아니 그렇게 말 잘 타는 검새들이 왜 넘어졌다더냐

아뢰옵기 황공하오나 촛새가 된 개 돼지들이 미리 알고 풀을 묶었다고

그러면 훈새는 어찌 되었느냐

그게 글씨 함께 자빠졌다고 하옵니다만

그러면서 내시가 바들바들 떠는데


훈새가 자빠졌다면 그건 정말 큰일이구나

여봐라 빨리 내 투구와 갑옷 검을 가져와라

멧돼지 오랜만에 직접 전투를 지휘하려는데

그 사이 불어난 몸집에 간신히 갑옷을 입고
비육지탄이라 했던가 암튼 이 짓도 이제 힘들구나
말을 달려 전장으로 나간 멧돼지
썩어도 준치라고 묶인 풀을 요리조리 피해 달리는데
아뿔싸 그중 하나에 잘못 걸려 자빠졌것다

하늘이 노오랗고 땅은 솟아나고
정신은 가물가물하여 이게 꿈인지 생시인지
촛새로 변한 개 돼지들의 결초보은인가
아니면 멧돼지의 한낱 일장춘몽이었던가
그냥 그 자리에서 한참 동안 누워 있었더라는데
그 뒤 멧돼지라 불리는 그 인간 어찌되었는지
아무도 들은 이가 없다고 하더라
멧돼지의 일장춘몽 그 셋째 이야기
옛날 아주 먼 옛날 아주 아주 먼 나라의 이야기란다
믿거나 말거나…

# 멧돼지의 일장춘몽, 그 넷째 이야기
– 멧돼지의 위대한 스승 쥐박이

옛날 아주 먼 옛날 아주 아주 먼 나라에
멧돼지라 불리는 사나이가 있었더란다
이 사나이 정말 어쩌다 임금이 되었는데
되자마자부터 되는 일이 없는 거라
경제는 엉망이지 지지율은 곤두박질 치지
판서라고 앉혀 놓으니 이년 저놈 낙마하지
자리에 앉은 자들도 청문회 한번 제대로 통과 못 했지
인사는 하는 것마다 유생들이 씹고 신문고도 난리라

요즘은 기레기라는 것이 있어 말꼬리 잡고 괴롭히는데
그래서 성질 난 김에 몇 마디 했더니
아 글쎄 그게 또 화근이 되어서 돌아오는 거라
멧돼지파 붕당은 젊은 놈이 영수로 있는데
임금 되기 전부터 까불어서 임금 되기만 하면 자르려
고 했것다
헌데 이게 뭘 믿고 있는지 계속 버티고 있네
늙은 신하들은 그저 헛발질만 계속하고
지들끼리 치고받고 싸우기만 하면서도
새파란 놈 하나 못 잡아서 쩔쩔매기만 하는구나

바다 건너 멀리 이국땅에 폼 잡고 갔다가
이런 실수 저런 실언으로 점수만 깎이고
마누라인 가니가 솔직히 좀 거시기 하지만
왠지 가니한테는 주눅이 들어 말하기도 뭐한데
지 좋아하는 애들 이국 갈 때 데리고 간다기에
그냥 그거 뭐 문제 될 거 있나 싶었는데
아 그게 그렇게 난리가 될 줄이야

이런 거 하나 아니 되옵니다 하는 놈 없으니

에라 다 귀찮구나 낮술이나 마셔 보자
가니 몰래 책장 뒤에 숨겨 놓은 양술을 꺼내서
홀짝 홀짝 마시는데 그 맛이 정말 홍콩 가는 기분이구나
그때 어디선가 들려오는 찍찍 하는 소리
이 무슨 소리인고 하고 책상 아래를 여기저기 뒤져 보니
뭔가 조그만 게 책상 위로 폴짝 뛰어오르는데
가만히 보니 아 그게 그만 쥐새끼가 아닌가
아니 세상에 임금이 집무하는 편전에 쥐새끼라니

여봐라 게 아무도 없느냐 하고 소리 치려는 찰나
찍찍 여보게 놀라지 말게 나 쥐박이야 찍찍
이건 또 무슨 소리인가 쥐박이라니 그러면 전전전왕
아니 감옥소에 있어야 할 양반이 어찌 이곳까지 왔을꼬
탈옥을 했나 아니지 형집행정지로 일시 석방했지
그래도 병원 나와서 자택으로 주거가 한정될 텐데
사면을 해줬던가 아니지 그건 아직 아닌데
찍찍 여보게 내가 가끔 이렇게 둔갑을 해서 나다닌다
네 찍찍

으잉 그런 재주도 있나 암튼 반갑습니다만 어찌 오셨소
찍찍 자네 보니 머지않아 내 신세가 될 것 같아
몇 가지 도움말 좀 주려고 해 나처럼 되지 말라고
나 임금 될 때도 경제가 굉장히 어려웠지 생각나나 찍찍
아 그랬다 무슨 브라더슨가 어쩐가 하는 거
찍찍 자네도 경제가 어렵잖아 이러다 큰일 나
솔직히 나는 경제 잘 알잖아 그래도 힘들었는데
자넨 경제라면 무식하잖아 책 한 권 읽고서 떠들고 말
야 찍찍
뭐 도움말 주려고 한다면서 남 무식한 건 왜 꺼내나
속으로 불끈 하지만 그래도 예의는 갖추려고 하는데
찍찍 난 그때 미친소병인가 뭔가 하는 것 때문에
아주 궁지에 몰렸었지 그거 가라앉고 시작했어
전임 임금 죽도록 괴롭혀서 결국 죽게 했지

자네도 지금 그거 하려는 거 아냐
그거야 하든 말든 자네 마음대로인데
그것보다 자네 친인척 지인 관리 좀 잘해 찍찍
이 말에 발끈해진 멧돼지 소리를 버럭 지르면서

아 그거야 선배님도 형님에 형님 친구에 뭐 그랬잖아요
찍찍 이 사람 보게 우리 형님이야 어쨌든 선량 출신이야
선량 부대표까지 한 사람이라구 어딜 비교해
어디 자네처럼 사십년 지기 아들 무슨 땡중의 조카
이런 것들 돈 좀 냈다고 아무 자리나 주고 그러나
그리고 이전 왕 묘소 가는 데는 왜 데리고 가고
왕들끼리 모이는 데까지 데리고 가는 건 뭐야 찍찍

멧돼지 생각에 이건 뭐 도움말 주는 게 아니라
남 긁어 놓으려고 왔나 하고 확 때려잡을까 망설이는데
찍찍 자네가 대국 쌀나라나 섬나라 지극정성으로 모
시는 건
나랑 아주 잘 통하데 그건 정말 잘하는 일이야
또 외교나 안보 분야에 내 신하들 쓰는 것도 정말 좋
았어
근데 말이 나온 김에 한마디 더 하지
자네 마누라 건사 좀 잘해 그게 뭐야
나도 우리 마누라가 한식 만든다 어쩐다 하면서
국고 축내고 할 때 곤욕 좀 치렀지
하지만 그때 확 잡아서 그나마 다행이었어

뭐 하긴 출신이 다르니 쉽지는 않겠더라만 찍찍

마누라 가니만 나오면 머리가 지끈지끈 아프다
하지만 제대로 뭐라고 하지 못하는 게 멧돼지의 아픈
사연
찍찍 난 말이야 후계를 잘못 정해서 망했어
칠푼이 공주를 후계로 앉히는 바람에 이 꼴 됐지 찍찍
솔직히 말해서 자기가 앉혔나 할 수 없이 앉게 했지
찍찍 자네도 후계 잘 골라 헌데 훈새는 안 돼

그런 기생오래비 같은 꼴로 싸가지 없는 말만 하고 다니니

될 것도 안 되겠다 명심해야 할 거야 찍찍

자기 생긴 건 어떤지 모르나 쥐새끼 상을 해가지고는


멧돼지는 화가 머리끝까지 치밀어서 참느라 숨을 헐떡이는데

전하 전하 큰일 났사옵니다 다급한 내시의 목소리

무슨 일이냐 자기도 모르게 떨리는 목소리

요즘 불안한 심경을 드러내는 것인지

전하 아뢰옵기 황공하오나 아뢰옵기 황공하오나

찍찍 저놈들은 예나 지금이나 맨날 황공하지 찍찍

황공은 그만하고 어서 말해라

개 돼지들이 편전 앞으로 몰려들어 아우성입니다

쥐잡으러 가세 쥐잡으러 가세 우리 모두 다 함께 쥐잡으러 가세

멧돼지 사냥을 나간다 좋다 칼로 잡을거나 화살로 잡을거나

뭐이 어쩌고 어째 어떤 놈들인지 싹 잡아들여라

찍찍 난 무서워 개 돼지들이 무서워

근데 나 여기 있는 건 어떻게 알지 희한하네

자네에게 마지막 당부하는 말 하고 나는 빨리 피해야 해

자고로 반골은 항상 있는 법 그게 무서운 게 아니야

무서운 건 개 돼지야 그들을 우습게 보지 마 찍찍

그거야 때려잡거나 아니면 그들 원하는 거 해주면 안

되나요

찍찍 이러니 멍청하단 소리 듣지 때려잡는 게 마음대

로 되나

그럴수록 더 달려드는 게 개 돼지야

그리고 그들 원하는 대로 해준다면

니가 왜 멧돼지고 내가 왜 쥐박이겠냐

그러니까 알아서 당근과 채찍을 잘 써봐

니 머리로 될까 모르겠다만 찍찍


그런 말을 남기고 폴짝 뛰어서 어디론가 사라지는 쥐

박이

멧돼지는 쥐박이처럼 도망치지 않으리라 마음먹고

개 돼지쯤이야 멧돼지가 힘으로 밀어붙이면 당하겠느냐

웃통을 벗고 편전 밖으로 뛰어나갔것다
아뿔싸 개 돼지가 그냥 개 돼지가 아니라
촛불을 든 개 돼지인 줄 왜 몰랐던가
몸부림 치며 허공에 주먹을 휘두르고 울부짖었건만
이런 걸 일컬어 역부족이라고 하던가
촛불에 홀랑 타서 그 뒤 9박 10일 동안
백성들이 멧돼지 바비큐 잔치를 했다던가
아니 산 채로 꽁꽁 묶어서 우리 안에 넣었다던가
그러는 사이에 누군가 앞으로 나오더니 멧돼지 뺨을
갈긴다
으악 하면서 눈을 떠 자세히 보니
호환마마보다 무서운 얼굴이 눈앞에 있구나
오빠 오빠 또 낮술에 취해서 잠들었구나
여기가 편전이더냐 멧돼지 우리더냐
바비큐가 진짜더냐 임금이 진짜더냐
멧돼지의 일장춘몽 그 넷째 이야기
옛날 아주 먼 옛날 아주 아주 먼 나라의 이야기란다
믿거나 말거나…

# 멧돼지의 일장춘몽, 그 다섯째 이야기

– 아수라장이 된 멧돼지 붕당

옛날 아주 먼 옛날 아주 아주 먼 나라에
멧돼지라 불리는 사나이가 있었더란다
날은 무지무지 더워서 축축 처지게 만드는 날에
이 사나이 룰루랄라 콧노래를 불렀다
남은 땀을 질질 흘리면서 힘들어하는데
우째 저리 기분이 좋을꼬 했더니만
일단 에어컨을 빵빵하게 틀었겄다
벼슬아치들 내시 궁녀들 모두 28도로 맞추라고 하고는
지만 21도로 켜놓았으니 삼복더위에도 춥구나 추워

멧돼지 원래 더위를 많이 타긴 하더라만
이건 좀 치사한 경우인데 그래서 기분 좋은 것만은 아
니니
멧돼지네 붕당에 영수로 있던 젊은 녀석이
6개월 당원권 정지라는 징계를 받았단다
새파란 녀석이 까불어대서 쫓아내려고 했는데
성상납이라는 죄를 알아내고도 포도청에서 지지부진
붕당 윤리위에서도 차일피일
그런데 마침 징계가 통과되었단다

기분 좋아서 콧노래 부르며 낮술 한잔하고 있는데
조금 껄떡지근한 점이 없지는 않았으니
6개월 뒤 이 녀석이 복귀하지 못하게
아예 새 영수를 뽑았으면 했는데
붕당의 선량들을 대표하는 동새가
직무대행 하겠다고 해서 원천봉쇄를 못 했으니
그게 좀 꺼림직한데 다음 수를 생각해 봐야지
　일단 한양 포도대장에게 성상납 수사를 독촉하라고
지시했것다

　이자가 누구인가 멧돼지 외할머니가 30년 다니던 절
　그 절 승려의 조카란다 멧돼지 인사하는 게 뭐 그렇지
　1년 만에 두 계급 초고속 승진해서 한양 포도대장이
된 인간
　되자마자 장애인들 시위 잡으러 지구 끝까지 가겠다고
　게거품을 물던 인간 이 인간이 포도청에 빨리 수사하
라고 하고
　그래서 기소가 되고 영수에서 물러나기만 하면
　멧돼지는 참으로 안타까운 일이라는 발언만 하면 된다

이런 잔머리 굴리면서 양술을 홀짝 홀짝 하고 있는데

전하 도승지 입시요 하는 내시의 목소리
또 무슨 일일까 요즘 신하들이 보자고 하면 가슴이 철렁
그래 들라 하라 라고 침착하게 응수를 했는데
문이 열리자마자 아니나 다를까 화급하게 떠드는 도승지
전하 큰일 났사옵니다 전하가 동새에게 보낸 약식 교지가 그만
뭐가 어쨌다는 건지 차근차근 말해 보거라
선량들 회의에 나간 동새가 그만 전하의 약식 교지를 들켜

기레기들한테 전하의 속마음을 드러내고 말았습니다

 동새한테 격려차 간단한 약식 교지를 보낸 일이 있었
것다
 내부 칼질이나 하는 영수가 바뀌니 잘되고 있다고
 그런데 그것을 들켰단 말인가 참으로 멍청한 놈이로세
 그리고 그것을 속마음이라고 하는 이런 놈이 도승지라니
 속마음이 어쩌구 어째 누구 속마음이 들켰다는 거야
 내 겉마음이든 속마음이든 영수가 바뀌어서 안타까운
거야
 멧돼지의 구겨진 인상을 보고
 잘못 말했다 싶은 도승지 연신 머리를 조아리더라

 할 수 없다 직무대행을 물러나라고 하고
 붕당 지도부들 하나씩 사퇴해서 비상대책위를 만들라
고 해라
 네 전하 분부대로 시행하겠습니다
 멧돼지 이제 어째야 하나 고민하고 있는데
 가니가 불쑥 들어서겄다.

오빠 또 낮술 했지 뭐야 난 5층에 갇혀서 답답해 죽겠
는데

그래 우리 가니 조금만 참아 이제 곧 휴가니까

그리고 오늘 박사 받은 학교에서 논문 문제 없다고 했
잖아


축하해 이제 정말 박사님이지

뭐 오빠가 힘 좀 썼다는 거 모르진 않아 고마워

가니가 샐쭉한 표정으로 마지못해 인사를 하는데

멧돼지 속으로 솔직히 그렇게 통째로 베꼈는데도

무마시킬 수 있으니 참으로 권력이 좋긴 좋구나

근데 가니 아무개 법사가 또 문제를 일으켰나 보데

그리고 이전에 관련된 업체들에게 일 맡기지 않으면
좋겠는데

아니 오빠 지금 무슨 말 하는 거야?


오빠가 여기까지 온 거도 다 나와 그 사람들 덕이야

이제 도와준 사람들에게 배은망덕하면 어찌 될 줄 알아?

누가 오빠를 도와줄 것 같애? 정승 판서 선량?

웃기지 말라 그래. 공주 꼴 보면 몰라? 다 배신할 년놈
들이야
하긴 가니 말이 맞는 말이다 그래서 붕당을 휘어잡아
야 하는데
멧돼지 괜히 가니 심사를 불편하게 하면 안 될 것 같아
화제를 돌려서 비위를 맞추려고 마음 먹었것다
그래 며칠 뒤면 휴간데 우리 어디로 갈까?

이번 휴가는 그냥 방콕해 연극이나 한번 보자
내가 그래도 임금인데 휴가 때 남의 나라에 나가도 되나?
어이구 멍충아 방에 콕 박혀 있는다는 옛날 말도 몰라?
아니 언제는 공주섬에 가자고 하더니 싫어졌어?
싫어진 게 아니라 법사님께서 한양 뜨지 말래
멧돼지 속으로 좀 거시기했지만 누구 명이라고 거역할까
그래서 이번 휴가는 방콕하다가 시내나 몇 번 나가기
로 했는데
도승지가 교지를 전하여 동새가 착착 일을 진행했건만
젊은 영수 이놈의 반발이 심상치 않네
지금까지와는 달리 멧돼지를 직접 공격하고

송사를 하겠다는 엄포까지 놓고 있더라

지금이 무슨 비상 상황이라고 비대위를 꾸리느냐
설사 비대위를 꾸려도 동새는 물러나야 한다 아니다
지들끼리 티격태격 도대체가 제대로 하는 놈이 없구나
마침 고민스러운데 스승께서 방침을 보내셨다
이럴 때 영수 위에 대영수라는 걸 만들어서
멧돼지가 진두지휘해야 한다는 것이렷다
어쩌면 그렇게 내 마음을 잘 아시나 됐다 결심을 굳힌
멧돼지
붕당의 선량들 열성 당원들 모두 모이라고 해라
단합대회하고 내가 특강도 하고 붕당의 재출발을 선언
하리라
낡은 붕당 부수고 명실공히 멧돼지 붕당을 만들어서
대영수가 되어 너희들을 이끌고 가리라

도승지에게 알리고 동새 통해서 추진하라 했는데
단합대회 장소에 구름떼같이 모여드는 사람들
아 내가 아직 인기가 있구나 생각한 멧돼지

손을 흔들며 기고만장 파란만장 뭐 아무튼 신이 났더라

그런데 이상하게 선량들은 안 보이고 사람들은 뭔가 들고 있네

여봐라 선량들은 다 어디로 갔는고

내시에게 물으니 내시 바들바들 떨며 어쩔 줄 모르다가

늘 하듯이 아뢰옵기 황공하오나만 연발을 하더니


누구 누구는 역병에 걸리고 누구 누구는 교통사고가 나고

누구 누구는 휴가를 떠났고 누구 누구는 세미나를 한다나

이런 괘씸한 것들이 있나 역병에 걸린 년놈만 절반이 넘네

왜 이럴 때 하필 역병에 걸린다는 말이더냐

그리고 휴가? 세미나? 이것들이 정녕 죽기로 작정한 것이냐

죽기로 작정한 것인지 살려고 몸사리는 것인지

그거야 두고 봐야 아는 일이겠고

그럼 저 사람들이 들고 있는 것은 무엇이냐

거기 뭐라고 써 있는데 한번 읽어 보아라
전하 죽여 주시옵소서 저것만은 못 읽겠사옵니다

멧돼지 화가 나서 눈을 부릅뜨는데
무언가를 든 사람들이 앞으로 한발 한발 다가오는구나
그리고는 들고 있는 것을 외치는데 군사연습하는 듯
하네
멧돼지 파면 가니 구속 멧돼지 파면 가니 구속…
저런 저런 괘씸한 것들이 있나 여봐라 게 아무도 없
느냐
당장 저놈들을 싸그리 잡아들여라
포도청장이 달려오더니 분부대로 시행하겠습니다
거수 경례까지 하고 달려가는데 믿음직하구나

그런데 사람들이 바로 코앞에 오고
글자까지 멧돼지한테 선명하게 보이는데도
포도청장이 아무런 조치가 없는지라
내시에게 불러오라 이르니 한참 뒤에 달려왔는데
한다는 말이 일선 포도대장들이 움직이지를 않는다는
구나

지금은 백성이 주인인 세상이라서

백성들도 저런 말을 할 자유가 있다는 거라

이런 바보 같은 놈들 백성이 주인인 척하는 세상이지

뭐가 백성이 주인인 세상이냐 그래 어찌하겠느냐 물

으니


전하 일단 피하십시오 무뢰배들로부터 옥체 보존하시

옵소서

그래 그런 것 같구나 너도 빨리 피하자

아닙니다 저는 여기 있겠습니다

포도청장의 엄숙한 표정이 믿음직했는데

저는 괜찮습니다 포도대장과 군중들에게 이건 제 뜻

이 아니고

전하의 뜻이라고 저는 할 수 없이 한다고 분명히 했습

니다요

뭐가 어쩌고 어째 이놈도 빠져나갈 생각만 하는구나

멧돼지 갑자기 어지러워지는데 군중은 코앞으로 다가

오고

그들은 사람이 아니라 개 돼지 촛불 든 개 돼지가 되었더라

자기가 손 흔들면 환호하던 사람들이 진짜더냐

멧돼지 파면 가니 구속을 외치는 촛불 든 개 돼지가 진짜더냐

멧돼지의 일장춘몽 그 다섯째 이야기

옛날 아주 먼 옛날 아주 아주 먼 나라의 이야기란다

믿거나 말거나…

# 멧돼지의 일장춘몽, 그 여섯째 이야기

– 멧돼지의 분골쇄신


옛날 아주 먼 옛날 아주 아주 먼 나라에
멧돼지라 불리는 사나이가 있었더란다
이 친구 그야말로 어쩌다 임금이 되었는데
되고 나면 1년 365일 신날 줄만 알았건만
그러기는커녕 된 지 100일밖에 안 됐는데
이리저리 터지는 일에 우울해지는구나

창밖에는 비가 추적추적 내리는데
저놈의 비는 왜 이리 많이 오는 거냐
아직도 뭐가 뭔지 모르겠고 화만 자꾸 난다
그날도 퇴근하는데 비가 쏟아졌다
가니가 웬일로 술상을 볼 테니 일찍 들어오래서
만사 제치고 들어가는데 뒤돌아 보니 정말 비가 장관
이더군

언덕 위 높은 곳에 사는 것을 다행으로 알고
그냥 퇴근을 했는데 그 때문에 사달이 날 줄이야
그럴 때는 차를 돌려 재난대책본부라나 거기 가서
뭐 아는 건 별로 없어도 폼 잡고 있어야 하는 건데

그걸 미처 몰랐다는 게 이리 두고두고 씹힐 줄이야
그렇게 자유가 없는 게 임금이라면 안 하는 건데

도승지도 이조판서도 모두 술자리에 갔던데
자리를 지킨 건 영의정이라 역시 노회하다
솔직히 내가 뭐 아는 게 있나
그냥 집에서 술 마시며 전화만 받으면 되는 게 아닌가
거기 가봤자 걸리적거리기만 할 텐데
왜 그리 난리들인지 지금도 모르겠구나

뒤늦게 정신을 차리고 폼 좀 잡으려고
노란옷 입고 판서 승지 내시 거느리고
현장이라는 데를 가서 한마디씩 했는데
반지하 살던 일가족이 죽었다고 해서
그 앞에 가서 내려다보며 자다가 죽었군 했더니
그거 가지고도 지랄들을 한다

지상에서 반지하방을 내려다보며
사진 한 장 폼나게 찍었더니 그걸 또 뭐라 하네

아니 할 말로 반지하 살다 죽은 게 내 탓이냐
옛말에도 가난 구제는 나랏님도 못한다고 하지 않았
더냐
아무튼 이번 큰비로 멧돼지 스타일 다 구겼는데
말만 하면 실언 망언이요 움직이면 망동이렷다

때마침 멧돼지 붕당 선량이라는 인간이
수해복구 자원봉사한다고 나가서 한다는 말이
비 좀 왔으면 좋겠다고 사진빨 잘 나오게
멧돼지 이 말 전해 듣고 솔직하다고 생각했것다
사실이지 지나 내나 사진 찍으러 가는 거지
전임 임금과 신하 중 안 그런 놈 있으면 나와 봐라

사실 큰비 내리기 전부터도 조짐은 안 좋았다
예조판서로 처음에 점찍은 인간 딱 멧돼지 스타일이었
는데
가족끼리 어쩌구 장학금이란 걸 다 해 처먹었으니
본부장 비리라는 걸로 시달리는 것과 비슷하고
제자들한테 걸핏하면 막말했다고 하니

이 새끼 저 새끼 하는 멧돼지와 어찌 그리 닮았는지

근데 이 인간 제일 먼저 스스로 물러나 버린 거라
물론 멧돼지 측근들이 압력을 넣기도 했지만
그래도 멧돼지는 같은 과라 버티길 은근히 바랐는데
할 수 없이 다음은 여성으로 점 찍었것다
하도 여성이 적다고 난리굿을 쳐서
그럼 여자로 해보자고 골라 보았건만

아 글씨 이 여자 음주운전 경력이 있는 거라
그것도 면허 취소 수준의 만취를 했다지
승지들 내시들 측근들이 다 걱정하는데
멧돼지 속으로 쾌재를 불렀것다
술 좋아하니 얼마나 꿍짝이 맞겠느냐
한가할 때 술 한잔하면 좋겠구나

나는 임금 너는 신하
임금과 신하가 술잔을 나누며 잘 놀아난다
얼싸 좋네 아 좋네 군밤이여

너는 여자 나는 남자
여자와 남자가 술내기 하면서 잘 놀아난다
얼싸 좋네 아 좋네 군밤이여

군밤타령까지 속으로 흥얼거리며
가니 눈치만 살살 보았건만
이 판서는 임명까지 했음에도 낙마했는데
되자마자 학교 입학 연령을 한 살 내린다고 했것다
뭐 지 혼자 생각해서 그럴 리가 있겠냐
멧돼지나 도승지 등과도 다 이야기된 건데

백성들이 그렇게 싫어할 줄이야 진정 몰랐으니
별수 없이 독박 쓰라고 하고 사퇴시켰는데
내용도 문제지만 아무하고도 소통하지 않고 했단다
뭐 그 점도 멧돼지와 딱 체질이 맞긴 했는데
사실 소통이라는 게 판서야 임금과만 하면 되고
멧돼지야 가나나 법사 스승과 하면 되는 거 아니냐

이래저래 인기는 떨어질 대로 떨어지고

날마다 터지는 일 수습하기도 어려운데
즉위 100일이 됐다고 기레기 모아 놓고 한마디 하란다
아무래도 이것저것 안 되니 사과하는 목소리로 하라
는데
멧돼지 원래 사과라곤 잘 모르는 성질이라
뭐라고 말할지 잘 떠오르는 게 없구나

생각 같으면 한마디 해주고 싶은 멧돼지
기레기 니들만 표현의 자유가 있고 나는 없냐
그저 씹지 못해 안달인 반대붕당 놈들 기레기들
기다려라 내가 다 싹쓸이할 거다
니들 열 놈만 잡아 놓으면 깨갱 하겠지
하면서 어퍼컷 한 대 날리면 다들 쫄겠지 했는데

가니가 편전으로 납시어
매직펜으로 손바닥에 써주는 네 글자
분골쇄신이란다 이게 뭐더라 옛날에는 알았는데
과거 합격한 후로는 책이라곤 본 게 없으니
아무튼 뭔가 좀 과격한 말 같은데

잘 모르겠어서 가니 얼굴만 쳐다보니

오빠 잘 알겠지 분골쇄신하겠다고 해
뼈를 가루로 만들고 몸을 부순다는 말이야
아니 그럼 죽는다는 뜻 아니야
에이 멍충아 진짜 그런다는 말이겠어
그 정도로 자기 몸을 돌보지 않고
지극한 정성으로 전력을 다한다는 뜻이지

아하 그렇구나 이 말도 법사나 스승께서 주셨겠지
분골쇄신 분골쇄신 까먹을까 봐 되뇌는데
가니가 나간 틈을 타서 승지 하나가 살짝 이르는 말
전하 자고로 분골쇄신은 뼈를 가루로 만든다는 말도
되지만
뼈에 분칠을 한다는 뜻도 되옵니다
너무 심려치 마시고 성심을 굳건히 하소서

승지가 그러면서 알 듯 모를 듯 웃는구나
그렇지 뼈를 가루로 만들면 어찌 되나

분칠을 해야지 분칠을 해야지
그리하여 즉위 100일 기레기 만남은
분골쇄신으로 잘 덮어서 넘겼것다
이제부터 잘되겠지 하고 기대하는 멧돼지

이제 지방 순시를 나가자 마음먹고
멧돼지를 열렬히 지지해 준 지역 시장을 가기로 했것다
그런데 이게 웬일이냐 시장에 사람들이 구름처럼 모
였네
인기가 떨어졌다더니 그게 아닌가 보네
기레기들이 지지율을 조작하는 건가
괜히 기분이 좋아서 으쓱해진 멧돼지

전하 아뢰옵기 황공하오나
전하가 여기 온다는 일정이 미리 알려졌다고
승지 하나가 옆에서 작은 말로 속삭이는구나
무엇이 그게 말이 되는 소리냐
임금이 행차하는 길이 알려지다니
어느 놈이 그런 역모와 같은 짓을 했다더냐

멧돼지 길길이 뛰며 화를 내는데
승지는 그냥 말을 못하고 쩔쩔매기만 하는구나
오빠 내가 팬클럽에 알렸어 뭐 잘못됐어?
생각해봐 오빠가 행차했는데 썰렁해봐
그렇지 않아도 인기없는 임금인데 어떻겠어?
다 오빠 생각해서 내가 한 조치라구

이건 또 뭐냐 가니가 그랬다니
뭐라고 할 수도 없고 화만 삭이는 멧돼지
나를 위해서 그랬단다 나를 위해서 그랬단다
이렇게 분을 삭이며 스스로 달랠 수밖에
그렇게 기분이 좋았다 잡친 널뛰기 행차를 끝내고
편전으로 돌아오는데 뭔가 또 이상하다

편전을 거의 둘러쌀 정도로 많은 사람들이
뭔가를 들고 줄을 서 있구나
이번에도 가니가 팬클럽에 알렸는가 했는데
가니도 모르는 듯 당황한 표정이더라
사람들 들고 있는 팻말을 자세히 보니

멧돼지여 분골쇄신하라 멧돼지여 분골쇄신하라

아하 열심히 하라고 응원하러 왔구나
이렇게 많은 사람들이 그래도 기대를 하는구나
다시 기분이 막 좋아지려는 찰나
그 밑에 쓰여 있는 글자들을 보니
멧돼지 뼈를 가루로 만들면 특효약이 되고
몸을 부수면 굶주린 백성 배불리 먹으리라

놀라 자빠진 멧돼지 편전으로 안 들어가고
어디론가 줄행랑을 놓았다든가
그 길로 멧돼지답게 산속으로 들어갔다든가
멧돼지의 일장춘몽 그 여섯째 이야기
옛날 아주 먼 옛날 아주 아주 먼 나라의 이야기란다
믿거나 말거나…

# 멧돼지의 일장춘몽, 그 일곱째 이야기

– 멧돼지 사단! 돌격 앞으로! 갈팡질팡 앞으로!


옛날 아주 먼 옛날 아주 아주 먼 나라에
멧돼지라 불리는 사나이가 있었더란다
이 사나이 그야말로 어쩌다 임금이 되었는데
임금이 되기 전부터 의금부 검새들로
멧돼지 사단을 키웠더란다
이 모두 스승께서 하명하신 일이었는데

원래 검새라는 짐승이 한번 물면 놓지 않는데
멧돼지처럼 앞으로 돌격하는 것까지 곁들이니
말 그대로 저돌적인 짐승이 되었것다
천하무적 같지만 이것저것 살필 줄 모르니
일찍이 스승께서도 그 점을 우려하셨으나
멧돼지는 그 말이 뭔 말인지 알 리가 없었으니

임금 노릇 하기에는 밑에 인재가 부족한데
의심 많은 멧돼지 좀처럼 믿을 년놈이 없었것다
멧돼지 사단 검새들로 요직에 앉히고
쥐박이 임금 때 벼슬했던 자들 중용하고
동창 후배 사돈에 팔촌까지 하니

그럭저럭 자리는 메꿔졌는데

전 임금이 하던 건 뭐든지 지우고 싶은 멧돼지
이 사나이 머리 속에는 항상 기준이 있었으니
의금부 검새 판사 거친 이들만이 가장 유능한데
전임 임금이나 반대붕당 영수나
과거 합격했어도 의금부 벼슬도 못한 이들
지들이 뭘 제대로 알 것인가

하나 하나 지워 보자고 마음먹고는
제일 먼저 할 걸 골라보라 했것다
백성들이 청원할 수 있는 제도가 있었는데
이게 그런대로 인기가 있었다지
그냥 없애면 비난만 들을까 고민하던 차에
승지 하나가 기발한 생각을 가져왔는데

먼저 백성 청원이란 이름을 제안으로 바꾸고
답변에 대한 법적 근거를 두잔다
만약을 생각해서 실명제로 하고

내용은 전부 비공개로 처리한다
우수제안을 선정해서 포상도 하고
그중에서 정책으로 시행하는 것도 골라낸다

옳다 바로 그거다 이제야 속이 시원하구나
당장 백성 청원인가 뭔가를 없애버리고
오늘부터 백성 제안으로 널리 널리 알려라
사실 멧돼지가 이 제안이 마음에 든 건
실명제와 비공개 원칙 때문이었것다
만천하에 자기 행적이 공개될까 두려운 건데

우수제안 10개를 뽑으려고 투표를 했더니
표를 얻은 것이 그놈이 그놈이라 차이가 별로 없네
  알고 보니 중복 투표 편법 투표라는 것 때문에 그렇다
는데
  멧돼지 사단에서 이 제도 방해한 놈 색출할까요 묻는데
  멧돼지 이런 기회에 이런 제도 없애는 게 좋겠다 싶었
것다
  이렇게 해서 임금 된 지 100일도 안 돼 첫 번째 갈팡질

팡이 되었더라

 멧돼지 사단에 검새나 쥐박이 벼슬아치들 말고도
 가끔은 먹물 먹은 것들도 끼어드는데
 예조판서로 처음에 점찍은 인간이 가족끼리 어쩌구 장
학금 다 해 처먹고
 제자들한테 걸핏하면 막말했다고 비판을 들으니
 멧돼지 사단에 딱 어울리는 스타일이었는데
 조금 압력을 넣으니 그냥 스스로 물러나 버린 거라

 다음 타자로 하도 여성이 없다 해서 여성을 골랐는데
 이 여자 면허 취소 수준의 만취를 한 음주운전 경력
자라
 다들 난리를 치지만 멧돼지 속으로 은근히 마음에 들
었것다
 조금 안정된 뒤 둘이 대작하면 얼마나 환상적이겠는가
 아 그런데 이 여자 되자마자 취학 연령 한 살 내린다고
했다가
 그만 백성들의 여론에 뭇매를 맞았더라

사실 예조판서 혼자 그걸 결정할 일이더냐
멧돼지가 콩 보리를 못 가린다고 한들
그래도 사전에 진행되는 이야기를 들었고
그거 괜찮다 해서 하라고 했건만
이건 뭐 여기저기서 난리가 아니다
이걸 가지고 데모하는 년놈들이 죽자사자 덤벼드는데

이 여자 일은 되게 서툴게 하더만
끝내는 것은 깔끔했으니 굳이 이리저리 말하지 않고
자기가 다 뒤집어쓰고 그만두었다
사실은 그만두라고 압력을 넣었는데
가니가 그만두게 하라고 눈을 째리는 바람에
할 수 없이 임명하고도 낙마시키게 되었것다

이때도 멧돼지 사단들이 씩씩거리면서
　반대하는 년놈들 데모하는 년놈들 다 잡아다 치도곤
을 안기면
　잠잠해질 거라고 했지만
　가니 때문에도 그렇게 하기는 어려운 일

가니는 이 여자와 술 한잔하고 싶은 멧돼지 마음을 알
았는가
　아무튼 이리하여 임금된 지 100일 조금 넘어 갈팡질
팡 2탄이 터졌것다

　이제는 앞만 보고 가리라 마음먹은 멧돼지
　가니가 베갯머리에서 속삭이기를
　이제 궁궐에도 안 들어가니
　손님 맞을 연회장 하나 마련해야 하지 않겠냐고
　자기가 말해서 세상 사람들이 다 아니 해야 한다고
　이렇게 하여 영빈관이라고 하는 것이 입에 오르내리게
되었더라

　승지들 통해 나라 예산에 영빈관 예산을 올려봤는데
　그게 자그마치 878억 냥이나 되었더라
　궁궐 나와 이전에 드는 비용이 400여억 냥이라 큰소
리쳤는데
　이건 뭐 배보다 배꼽이 큰 셈이구나
　당연히 난리가 날 일 반대붕당 기레기들 심지어 멧돼

지 붕당에서도
　하나같이 이건 말도 안 된다고 하고 있으니

　멧돼지 그냥 밀어붙일까 하고 있는데
　스승께서 말씀을 보내셔서 이건 물러서야 한다고
　아 이걸 어쩌나 이번에도 멧돼지 사단이 몸 풀고 있는데
　게다가 가니가 울며 불며 그거 안 하면 안 된다고 하니
　스승를 따르자니 가니가 울고
　가니를 따르자니 스승이 무섭고

　고뇌의 밤을 보내는 멧돼지
　할 수 없이 스승을 따르기로 하였으니
　멧돼지의 아둔한 머리에도 이건 아닌 것 같더라
　밀어붙이다가 되레 당할 수도 있을 것 같으니
　철회하라고 지시를 화끈하게 내리는 수밖에
　이리하여 갈팡질팡 3탄이 터져버렸다

　그러던 차에 대국 쌀나라에 가게 된 멧돼지
　섬나라 우두머리 만나려고 해도 안 만나 주어서

찾아가서 이야기 하자고 설레발 좀 치고
대국 쌀나라 임금도 안 만나 주어서
행사하는 자리에 가서 1분도 안 되는 48초 동안
그저 인사만 하고 왔더라

기분이 상당히 안 좋아진 멧돼지
쌀나라 선량 이 새끼들 안 통과시켜 주면
아무개 임금 쪽팔려서 이제 어쩌나
뭐 이런 말을 옆에 있는 판서 승지에게 씨부렸것다
그런데 그게 카메라에 찍혔나 보다
여기저기서 난리가 나고 말았더라

함께 간 승지가 바들바들 떨면서
아뢰옵기 황공하오나 전하의 말이 온 세계에 퍼져
국제적으로도 문제이고 특히 쌀나라 선량들이 대노해서
그래서 내가 찍혔냐
네 대국 쌀나라에 꽉 찍혔습니다
야 새끼야 카메라에 찍혔냐고

솔직히 멧돼지는 그런 말했는지 잘 생각이 나지 않는다
이 새끼 저 새끼야 입에 달고 살고
쪽팔린다는 말도 밥 먹는다는 말처럼 하고 사는데
갑자기 웬 난리들이란 말이더냐
고국에 있는 도승지 승지들이 머리를 짜내서
사적인 이야기에 지나지 않는다고 했다지

그래도 난리가 그치지 않으니
홍보 승지가 그건 쌀나라를 지칭한 게 아니라
멧돼지 나라 선량들을 가리킨 말이고
쌀나라 임금을 말한 게 아니라 다른 말이라고
무려 열 다섯 시간 지나서 변명을 했는데
마침 다행히도 시끄러워서 무슨 말을 했는지 뚜렷하지
않더라

함께 간 가니가 이런저런 보고를 같이 듣더니
오빠 언제까지 갈팡질팡할 거야
멧돼지 기상은 이제 다 죽은 거야
밀어붙여 멧돼지 사단은 됐다 무엇에 쓸 거야

어떻게 밀어붙이는 수가 있단 말인가
멧돼지 울상을 하며 가니만 바라 보는데

오빠가 그런 말 했다고 찍은 동영상
어떻게 해서 퍼졌는지 조사한다고 하고
쌀나라에 함께 온 기레기들 전부 조사하고
그것 가지고 떠든 반대붕당 선량 대표도 조사하고
이건 국익과 관련된 외교 문제라고 하란 말이야
기레기들은 그러면 죄다 꼬리내리게 되어 있어

그리고 관제 데모라는 거 못 봤어
멧돼지당 선량들 죄다 줄 서게 해서
동영상 퍼뜨린 방송국 쳐들어가라고 하고
반대붕당 선량을 공격하라고 하고
전 임금 사저에 가서 데모한 놈들
선물까지 줬는데 이럴 때 써먹어야지

들고 보니 그럴 듯하다
역시 나보다 가니가 멧돼지스럽구나

하하하 마누라 하나는 잘 얻었네
스승께서는 이걸 어떻게 보실까
잠시 고민도 되었지만 그냥 밀어붙이는 것이
체질에도 맞다고 생각한 멧돼지

이리하여 갈팡질팡 4탄은 일단 없고
그동안 몸이 근질근질하던 멧돼지 사단을 집합시켜서
자기 나라로 돌아오자마자 돌격을 명령했것다
멧돼지 사단! 돌격 앞으로!
근데 웬일이지 오랫동안 갈팡질팡 해왔더니
멧돼지 사단 검새들도 갈팡질팡하고 있네

멧돼지 사단! 돌격 앞으로! 이렇게 구령을 하면
갈팡질팡 앞으로! 이렇게 듣는구나
그러다가 갑자기 가니한테로 달려드는 멧돼지 사단
아니 저놈들이 무슨 짓이냐 소리 지르니
승지 내시들도 허둥대며 소리만 질러대더라
호위무사들이 가니 앞을 가로막아서 간신히 지키고 있
는데

도승지 가서 사정을 듣고 와서는
멧돼지 사단이 앞으로만 나갈 줄 알아서
앞에 중전께서 계시니 그리 돌진했고
한번 물어본 기억이 있어서 놓지 않으려 한다는데
지금 호위무사들이 억지로 막고는 있다고 하지만
빨리 명령을 바꾸시지 않으면 화를 당하실 것 같다고

그래서 멧돼지 사단! 돌격 오른쪽으로! 이렇게 구령을
하니
이건 또 뭐냐 멧돼지한테 달려드는구나
아니 이놈들이 왜 이런단 말이냐
역시 물어 본 기억을 잊지 못하는 멧돼지 사단
힘 있는 놈 봐주고 없는 놈 죄 만들어 내고
그렇게 살아온 세월을 멧돼지 사단도 서로 아는구나

이리저리 갈팡질팡 날뛰는 멧돼지 사단을 막다가
끝내는 멧돼지와 가니 둘 다 들이받혔다고도 하고
도망가서 편전 밖으로 나가 산으로 줄행랑을 놓았다
고도 하고

멧돼지의 일장춘몽 그 일곱째 이야기
옛날 아주 먼 옛날 아주 아주 먼 나라의 이야기란다
믿거나 말거나…

# 멧돼지의 일장춘몽, 그 여덟째 이야기
– 걸신 들린 멧돼지를 잡아라!

옛날 아주 먼 옛날 아주 아주 먼 나라에
멧돼지라 불리는 사나이가 있었더란다
이 사나이 그야말로 어쩌다 임금이 되었는데
임금이 되면 배가 부를 줄 알았는데
걸신 들린 듯 허기진 배는 항상 비어있는 듯했으니
뭔가 잡아먹어야 직성이 풀리는 천생 멧돼지라.

한번은 멀리 타국의 여왕이 죽었다고 하여

조문을 하러 비행기 타고 날아간 멧돼지
그 나라로 말할 것 같으면 한때
해가 지지 않는다고 할 정도로 큰 나라였어서
온 세계 한다 하는 사람들이 다 모였것다
멧돼지도 가니와 손잡고 상갓집 가면서 룰루랄라 신이
났것다

아 근데 갑자기 배가 고픈 거라
걸신 들린 듯한 이 놈의 배는 시도 때도 안 가리니
결국 조문은 밥 먹느라 못 하고
함께 간 판서 참판 승지들은 어쩔 줄 모르는데
그나마 가니가 있어서 반주는 못 하고
입맛만 쩝쩝 다셨던 멧돼지

고국에서는 난리가 났것다
조문 갔다면서 조문도 못 한 이유가 뭐냐
조문 거절 당한 것 아니냐
반대붕당의 거센 공격에
승지들이 나서서 차가 막혀 그랬다고

차가 막힌 게 아니라 기가 막힌 걸신 들린 멧돼지 야
그 하나


또 한번은 태풍이 불어 나라가 난리인데
집으로 퇴근해서 술 마시던 멧돼지
임금의 소임을 다하지 못했다는 비판이 일자
다음 날 수해 사고난 반지하방도 들르고
쭈그리고 앉아 아래를 보며 사진도 찍었것다
그 때문에 난리 난리가 났건만 그것도 모르고


아무 생각 없이 허기진 배를 채우면서
서민 코스프레도 하려고 어느 작은 식당에 갔는데
살기 어려우니 제발 살려달라는 식당 주인의 말
들었는데 모르는 척하는지 못 들었는지
그냥 아무 말 없이 차림표 앞으로 직행해서
뭘 먹을까만 생각했다는 걸신 들린 멧돼지 야그 둘


편전에 앉아 이것저것 집어 먹고 마시던 멧돼지
다급한 승지 목소리에 마시던 술을 얼른 감추고

무슨 일이냐 어서 들어와 차분히 아뢰라
승지 말이 멧돼지가 도성에 출몰하여 큰일이라나
고관대작의 집도 막 쳐들어가고
백성들 텃밭도 마구 짓밟아서 엉망진창을 만든단다

멧돼지라는 말에 좀 찜찜했지만 그래도 임금 아니냐
위엄을 잔뜩 갖추고 목소리를 착 깔고서
그래 그 많은 포졸들은 무엇하고 있다더냐
아뢰옵기 황송하오나 워낙 멧돼지가 많고
오래 굶주렸는지 그야말로 저돌적으로 날뛰어서
포졸들로는 중과부적인 줄 아뢰오

허 중과부적이라 너도 문자 좀 쓸 줄 아는구나
이런 말이 나오려는 걸 얼른 입을 닫은 멧돼지
그럼 의금부 검새들은 무얼하고 있다는 거냐
아직도 칼날이 무뎌지지 않았을 터
검새들을 동원해서 멧돼지를 몰살시키라고 하렷다
제법 권위를 갖춘 어명을 발동한 멧돼지

승지가 그 말을 듣고 얼른 달려 나갔는데
조금 있다 다시 들어와 한다는 말이
전하 아뢰옵기 황송하오나 아뢰옵기 황송하오나
그만 황송하고 빨리 아뢰어라
검새들도 요즘 하는 일이 너무 많아서
멧돼지 사냥에는 동원되기 어렵다고

하긴 의금부 검새들은 반대붕당 영수도 잡아 넣어야
하고
조금 더 있으면 전 임금도 잡아 넣어야 하고
이놈 저놈 말 안 듣는 반대붕당 선량들도 잡아 넣어야
하고
오랑캐와 엮어서 큰 건 하나 만들어야 하는 터
그 모두를 멧돼지가 은밀히 내린 어명이니
누구를 탓하고 누구를 원망하리

그럼 누가 백성을 보호한단 말이더냐
백성이야 원래 그런 팔자라 쳐도
고관대작이라도 보호해주어야 할 거 아니냐

좋다 그럼 내가 직접 나서주마
멧돼지가 직접 멧돼지 사냥을 나가기로 했것다
이거야말로 동족상잔이 아니고 무엇이더냐

오랜만에 갑옷 투구 갖춰 입고 말에 올라탔는데
그동안 너무 안 입었는지 어째 어색하구나
이런 걸 뭐라고 하더라 비 어쩌구 탄인데
옆에 있는 내시에게 물어볼 수도 없고
아무리 생각해도 생각나지 않으니 어쩌겠는가
에라 모르겠다 비비탄이라고 하자 비비탄 좋다

아무리 멧돼지가 수없이 낙방은 했어도
그래도 결국 과거 급제하고 의금부 대장까지 했는데
비육지탄을 어찌 모르겠는가마는
과거 급제 뒤에 술만 먹고 보낸 세월에
걸신 들린 듯 처먹기만 했으니
넓적다리 살이 찌는 것과 함께 그 말도 머리에서 사라
져 버렸것다

어쨌든 멧돼지 사냥을 나가는 멧돼지
어째 말이 좀 거시기한데 사실인데 어쩌랴
호위무사들을 데리고 도성 여기저기를 다녀봐도
멧돼지는커녕 개새끼 한 마리 보기 어렵구나
이리저리 돌아다니는데 배가 고파 오는구나
배 속의 걸신이 뭔가 또 달라고 하는 모양인데

할 수 없이 이날은 포기하고 편전으로 돌아온 멧돼지
가니가 들어와 용상에 앉더니 한마디 하는구나
오빠 멧돼지 잡으러 갔었다면서 그래 잡았어?
시무룩한 표정으로 고개를 가로젓는 멧돼지
오빠 그러지 말고 전문 포수로 멧돼지 사냥단을 만들
어 봐
그래서 훈련도 시키고 오빠가 지휘하는 거야

전문 포수라 멧돼지 사냥단이라
훈련도 시키고 내가 지휘도 한다
그것 참 괜찮은 생각이다
역시 가니는 정말 머리가 잘 돌아가

그런 거 보면 과거 급제 안 해도
머리 좋은 사람은 좋은 모양인데

가니의 제안에 따라 전문 포수들로 구성된
멧돼지 사냥단을 만들기로 했것다
전국방방곡곡에 방을 붙여서 모집을 하는데
방에는 이렇게 써붙였것다
백성을 괴롭히고 나라를 혼란스럽게 만드는 멧돼지
멧돼지 사냥을 하러 가자

그러면서 멧돼지 잡는 자마다 마리당 100만 냥
100명 선발해서 열흘 동안 훈련한다
이 방이 붙자마자 구름같이 몰려든 포수들
근데 께름칙한 게 어디선가 본 듯한 자들이 많고
백성을 괴롭히고 나라를 혼란스럽게 만드는 멧돼지라
어디서 많이 들어본 소리이렷다

아무튼 활솜씨 총솜씨를 시험해서 100명을 선발하고
저기 청계천 어디쯤에서 훈련을 했는데
훈련이 끝났다는 말을 듣고

투구 쓰고 잘 안 들어가는 갑옷을 입고
말에 올라타 훈련 장소로 가려는데
굳이 가니가 함께 가자고 해서 그렇게 했것다

하늘은 높고 말은 살찌는 계절 좋구나!
청계천 물은 푸르고 빨래하는 아낙 산보 나온 행인도
많은데
이게 뭐냐 100명 뽑는다 했는데
웬 사람이 이리도 많으냐
옆에서 따라오는 승지에게 물어도 모르고
뒤에서 따라 걷는 내시에게 물어도 모른단다

멧돼지와 가니가 청계천 바로 앞에 까지 이르니
모여 있는 사람들의 시선이 이리로 몰리는데
백성을 괴롭히고 나라를 혼란스럽게 만드는 멧돼지 암
수 한 쌍
이제 입장을 하니 우리 모두 멧돼지를 잡읍시다
웬 가스나 카랑카랑한 목소리를 시작으로
촛불 든 개 돼지들이 몰려드는구나

전하 옥체를 보존하시옵소서
전하 옥체를 보존하시옵소서
다급하게 외치는 승지 내시의 소리가
아득히 들려오는 순간에
말에서 떨어진 멧돼지
가니의 얼굴이 가물가물 우러러 보이는구나

포박되어 육조거리로 압송되었다고도 하고
호위무사 보호를 받으며 편전으로 도망갔다고도 하고
그냥 가을날 꿈이었다가 깨어났다고도 하는데
멧돼지의 일장춘몽 그 여덟째 이야기
옛날 아주 먼 옛날 아주 아주 먼 나라의 이야기란다
믿거나 말거나…

# 멧돼지의 일장춘몽, 그 아홉째 이야기

– 멧돼지의 특명, 간첩을 잡아라!

옛날 아주 먼 옛날 아주 아주 먼 나라에
갑자기 간첩이라는 무시무시한 말이 떠돌기 시작했다
한때는 세작이라고 부드럽게 말하기도 했었는데
사라진 줄 알았던 간첩이 도성 안팎에 출몰했다니
그것도 떼지어서 간첩단이라고 부른단다
간첩이란 적국과 내통해서 적국을 이롭게 활동하는 자
들인데
도대체 어디서 어떻게 간첩이 다시 떼로 나타났는지
그 야그를 슬슬 풀어가 보려 한다

간첩이라는 말이 떠도는 그 나라에는
멧돼지라는 임금과 가니라는 왕비가 있었것다
멧돼지는 의금부 대장을 하다 그야말로 어쩌다 왕이
된 자이고
가니는 멧돼지를 임금 만들려고 눈물겨운 노력을 했다
는 말이 있는데
그이를 왜 가니라고 불렀는가 하면
하도 간을 잘 봐서 간이 가니가 됐다고도 하고
딴 데로 잘 가서 어디 가니 했다가 가니가 됐다고도 하고

수도 없이 갈아치워서 또 가니 해서 가니가 됐다고도
하는데

아무튼 간첩이 떼로 나타났다고 나라에서 떠들어 싸니
사람들은 시큰둥하다가도 왠지 불안하고 의심이 들어
의심 나면 다시 보고 수상하면 신고하자
친구가 멧돼지 이야기해도 간첩 같고
마누라가 가니 이야기를 해도 간첩 같아
신고 정신 하나는 수십 년간 몸에 밴 사람들이 많으니
신고해 말아 하다가 뭐 옛날처럼 거금을 주는 것도 아
니니
에라 그냥 말자 하는 사람들이 시중에 허다하다는데

멧돼지라 불리는 인간도 간첩 신고를 사명으로 알았던
세대
요즘 아무리 생각해도 자기 인기가 떨어지는 게 간첩
짓 같더라
민생 파탄 났다고 떠들어 대는 놈들 속에 간첩이 있을
것 같고

저 남녘에서 파업했던 놈들도 간첩 사주 받은 것 같고
화물차 모는 놈들 작업거부도 간첩이 시켰을 법한데
어디 그뿐이랴 외국 나갔다만 오면 흠을 잡는 놈들
섬나라와 잘 지내려고 하는데 자꾸 훼방 놓는 놈들
대국 쌀나라 지성으로 섬기는 것 극렬 반대하는 놈들

이 모두 간첩이 떼거지로 숨어 있어서 하는 짓이라고
자기 나름대로 확신을 하게 된 멧돼지
의금부 대장 포도대장 정승 판서 승지 모두 불러서
간첩을 빨리 소탕하라는 특명을 내렸다는데
그런데 간첩을 어떻게 잡는다는 말인가
승지 하나 아뢰옵기 황송하옵니다를 몇 차례 한 뒤
간첩은 뿔이 있다고 하옵니다 뿔 난 자를 잡아들여야
하옵니다
저런 한심한 놈이 승지를 하나 뿔 난 사람이 어디 있나

또 다른 승지가 나서서 간첩은 꼬리가 있다고 하옵니다
이런 멍청한 것들만 승지로 있나 꼬리 있는 사람이 어
디 있나

버럭 소리를 지르자 승지들 머쓱해졌는데

속으로는 너보다 멍청하기야 하것냐 라고 말했을 터

내시가 나서서 아뢰옵기 황송하오나를 연발하여서

말해 보라고 하니 이 내시 한다는 말이

간첩은 냄새가 나옵니다 냄새를 맡아서 소탕해야 하
옵니다

냄새를 맡아서 소탕한다는 말이 그런대로 신선하였더라


그래 간첩 냄새가 무슨 냄새란 말이더냐

간첩은 자고로 알코올 냄새 분 냄새 고약한 냄새가 나
옵니다

간첩은 신분을 숨겨야 할 텐데 알코올 냄새는 무슨 말
이냐

신분을 숨겨야 해서 불안한 마음이 앞서니 늘 알코올
을 섭취하고

자기 신분을 가려야 하니 분칠을 덕지덕지해서 분 냄
새가 나고

보통 수염을 길게 기르고 다녀서 고약한 냄새가 나옵
니다

내시의 말을 들은 멧돼지 그럴 듯하다고 여기며 흐뭇
해하더니
　당장 알코올 냄새 분 냄새 고약한 냄새가 나는 자를
잡아들이렷다


　방송국에 침투한 간첩 잡으려고 보냈으나 허탕
　반대붕당에서 냄새가 나는 것 같아 의금부 수사를 했
으나
　도무지 꼬리가 안 잡히니 짜증만 내고 있는데
　고민하고 있는 멧돼지 앞에 가니가 나타나더니
　오빠야 간첩 잡는 선수들을 풀어서 잡으라고 해야지
　그게 도대체 누구인지 감이 잡히지 않아서 고개만 갸
우뚱 하는데
　어휴 멍충아 내가 이런 것까지 다 알려 줘야 하나
　간작원 있잖아 포도청한테 간첩 수사권 빼앗긴 간작원


　간작원이란 말을 들으니 정신이 번쩍 난다
　간작원이 왜 간작원인지는 아는 사람이 없다던데
　의금부 검새 시절 간첩 사건은 간작원이 시키는 대로

해야 했는데
　그때 간작원을 간첩 만드는 곳이라고 은밀히 말했었다
　왜 간작원 생각을 진작 못 했던가
　간작원이 원래 간첩 잡는 데 선수지만
　포도청에 간첩 수사권을 1년 뒤면 완전히 빼앗기는데
　그러니 더욱 죽어라고 뛸 거라는 가니의 말씀

　역시 가니는 항상 지혜로운 여편네 아니 멧돼지에게는
여신이라
　간작원에게 하라고 하면 이거야말로 굶주린 사냥개
풀어놓는 격
　옳다 바로 그거다 싶어서 박수를 치며 좋아하는데
　그렇지 않아도 간작원이 준비를 하고 있었더란다
　간작원이 간첩을 잘 잡지만 만들기도 해서 좀 거시기
하긴 한데
　이 대목에서 가니의 한 말씀 간첩은 잡기도 하지만 미
리 만들어서
　아예 싹을 잘라야 하는 거야 그러니 걱정 붙들어 매
라고

오빠는 그저 간작원의 수사권을 포도청에 준 것 다시
생각하자고만 해

특명을 받은 간작원이 음지에서 일하던 버릇도 내팽개
치고
간작원을 등에 써붙이고 여기저기 압수수색에 들어갔
것다
한 명 책상 뒤지는데 천 명의 포졸을 동원하고
결국 간첩단이란 이름으로 너댓 명 잡아 넣었는데
아 글씨 이자들이 냄새가 날 듯하다가도 안 나는데
그래도 간첩만 만들면 그만이라고 했지만
진짜 간첩이 있어서 자꾸 자기를 괴롭힐 것 같은
그런 불안감에 빠진 멧돼지 다시 잡으라고 특명을 내
렸것다

간첩을 잡아라 떼거지 간첩단을 잡아라
멧돼지 가니 스승을 조롱하고 지지율 떨어뜨리는 간첩
을 잡아라
냄새 찾아 삼천리 뒤지고 뒤지고 뒤지고

여염집 들어가서 시궁창도 쑤셔 보고
관청 사찰 할 것 없이 닥치는 대로 뒤집어 보고
아 그런데 이 냄새가 날 듯 날 듯 하다가도
잡았다 싶으면 사라지곤 하더라
하릴없이 좌표를 찍어 포위망을 좁히라 했는데

특명을 수행하는 간작원 특별 수사대가
좌표를 찍어 전국 사방에서 좁혀 오는 중에
그놈의 좌표가 글쎄 도성으로 향하는 것이라
거기까지는 그럴 수도 있는데 이건 또 뭐지
미르뫼 마을로 더욱더 좁혀지더니
멧돼지와 가니가 있는 편전으로 향하는 것 아닌가
뿐만 아니라 또 하나의 좌표가 찍히더니
아뿔싸 편전 가까운 곳에 있는 스승의 방 아니더냐

이것도 간첩의 짓일 거라면서 방방 뜨는 멧돼지
새파랗게 질린 가니 스승에게 연통을 넣었는데
어느새 스승은 특별 수사대에 연행되고
순식간에 편전으로 뛰어든 사냥개들

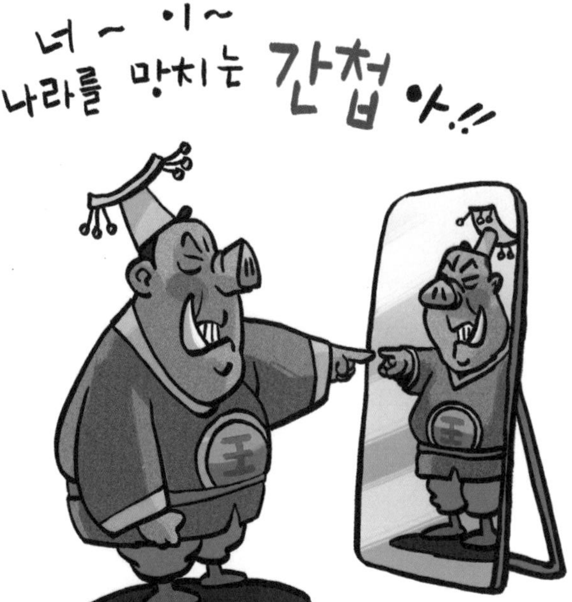
너 ~ 이~
나라를 망치는 간첩 아!!!

알코올 냄새 분 냄새가 바로 여기서 지독하게 나는구나
멧돼지와 가니를 보고 머뭇거리는 사냥개들 뒤로
촛불 든 개 돼지들이 떼거지로 몰려 있다

간첩이 바로 저 개 돼지들이구나
다 죽여라 모두 다 죽여 버려라
이렇게 소리 소리 외치다가
오랜 잠에서 깨어났다고 하던데
멧돼지가 간첩이더냐 간첩이 멧돼지더냐
섬나라 간첩 대국 쌀나라 간첩
간첩을 잡아라 잡아서 능지처참을 해라
개 돼지들의 외침에 멧돼지 소리는 묻혀 버리고

멧돼지 가니 스승은 그 뒤 어찌 됐을까
의금부 감옥에 갇혔다고도 하고
멀리 절해고도에 유배되었다고도 하고
아무튼 간첩을 만들어서 영원무궁 의금부 권력을 이
어가려던 꿈이
모두 다 하룻밤 꿈이 되었다고 하던데
멧돼지의 일장춘몽 그 아홉째 이야기

아주 먼 옛날 아주 아주 먼 나라의 이야기란다
믿거나 말거나…

# 멧돼지의 일장춘몽, 그 열째 이야기

– 천상천하 유저독존(天上天下 唯猪獨尊)


옛날 아주 먼 옛날 아주 아주 먼 나라에
멧돼지라 불리는 사나이가 있었더란다
이 사나이 정말로 어쩌다 임금이 되었는데
임금이 되더니 욕심이 계속 커져 가고
옆에서들 계속 추어주기만 하니
이 세상 천하를 자기 발밑에 두고 싶어졌더란다
천상천하에 오직 멧돼지만 존귀하게 있는 세상
그 세상을 위해 그야말로 저돌적으로 달렸다는데

천상천하 유아독존이란 말이 있것다
우주 간에 나보다 더 존귀한 것은 없다는 말이라는데
본래 석가모니께서 태어나면서 외친 말이었다고 하
더라
그런데 원래는 나만 잘났다는 말은 아닌데
그렇게들 잘못 이해하고 쓰기는 하는 모양
멧돼지 이 인간이 쓰는 것은 물론 나 잘났다 인데
그러기 위해서 거슬리는 것들을 제거하려고
임금이 할 수 있는 모든 권한을 동원했것다

언젠가 임금 되기 전에 스승께서 하신 말씀이
임금이 되면 일곱 년놈은 날려버려야
천상천하에 오로지 멧돼지만 존귀할 거라는데
년놈이란 말이 좀 거슬리긴 했지만
까짓것 열 아니라 백 천인들 못하랴
년이든 놈이든 내 칼에 다 날려 버리리라
이리하여 멧돼지의 먹잇감 사냥이 시작되었으니
자 이제 그 야그를 해볼거나

첫째 먹잇감이 누구더냐
멧돼지 붕당의 대표였던 어린 놈
임금 선거 때부터 깐죽대고 어깃장을 놓아서
그때 어떻게 잘라버릴까 고민을 했었는데
이제 임금이 되었으니 손 좀 봐야겠다 마음먹고
마침 성 상납 받았다는 의혹이 안테나에 잡힌 거라
진짜인지 아닌지야 뭐 중요한 게 아니고
주변 인물들 디립다 조져서 기정사실화시키면 되는 법

둘째 먹잇감이 누구더냐

첫째 먹잇감 징계 받게 만들고 대표에서 물러나게
하고
내부 총질만 하는 놈이라는 프레임도 만들고
새로 대표를 뽑는 절차에 들어갔는데
공주 붕당 선량 대표였다는 인간이
공주 쫓아내는 데 일조해서 배신자 소리 들으면서도
백성들한테 인기가 좋아 대표 선거에 나온다네
붕당원만 투표권을 주라 해서 한 방에 날려 버렸지

셋째 먹잇감이 누구더냐
둘째 먹잇감 날아간 뒤 제일 인기가 좋다던데
섬나라 떠받드는 체질이 멧돼지와 맞아 떨어지지만
배시시 웃는 게 왠지 멧돼지를 무시하는 것 같고
자리 하나 줬더니 지 멋대로 하는 거라
요것 땜시 스승께서 년놈이라 하셨던가
이런 먹잇감은 원래 구린 데가 많은 법
승지 보내 겁 주어서 지 발로 물러나게 했것다

넷째 먹잇감이 누구더냐

임금 선거 직전에 멧돼지 손 들어준 인간
멧돼지가 임금 되는 데
공이 있다면 있고 없다면 없는데
설사 있다고 한들 다음 임금 자리를 주겠는가
그걸 철석같이 믿으니 초딩이란 소리를 듣지
정무 승지가 나서서 임금과 신하가 대등하더냐
까불지 말라고 하니 꼬리를 내리더라

다섯째 먹잇감이 누구더냐
임금 선거에서 경쟁자였던 반대붕당 영수
임금 되자마자부터 집요하게 공격했건만
아직 잡아넣지 못했으니 오호 통재라!
하지만 이백번 넘게 뒤져 조졌으니
이제 머지 않아 철창 안에 넣지 않겠느냐
이런 생각하다가 기분이 꿀꿀해서
책장 속에 숨겨둔 양술병을 꺼내 마시는데

여섯째 먹잇감이 누구더냐
반대붕당 영수를 잡아넣으면

곧바로 잡아넣어야 할 직전 임금
이 인간 능력은 몰라도 인품은 뛰어나다고 다들 말
하니
멧돼지 이 생각을 할 때마다 열불이 나더라
무슨 수를 써서라도 포승줄에 묶인 모습을
만백성에게 보여주고 싶은데 그게 쉽지 않구나

일곱째 먹잇감이 누구더냐
다섯째 여섯째에서 걸려서 술만 들이켜는데
승지 하나가 슬며시 다가와 은근하게 하는 말
이번에 뽑힌 대표가 땅 투기가 심해서
여기저기서 말이 많다고 하는 거라
어쩌다 한 번 투기가 아니라 전문 투기범이라는데
말 잘 듣는다고 밀어줬더니 아니 찍어줬더니
이게 날려야 할 놈인 거라 골치 아프네

아무 생각도 하기 싫어졌는데 내시의 황급한 말이 들
리더라
중전마마 듭시오 이게 뭐냐 가니가 왔다는 말

얼른 양술병을 숨겼으나 이미 늦은 듯
오빠 또 술이야 대낮부터 뭐하는 짓이야
반대붕당에서 나를 특별 의금부로 잡아 넣겠다는데
이리 술타령이야 빨리 해결하지 않으면 끝장이야
혹시라도 스승이 말한 년놈이 가니를 일컫는 건가
아니겠지 아니겠지 한숨만 쉬는 멧돼지

가니한테 혼 나고 어안이 벙벙해진 상태에서
가니가 돌아간 뒤 다시 양술병을 꺼내 들고
한 잔이 두 잔 되고 한 병이 다시 두 병 되고
어느새 온 세상이 뿌예지더니
천상천하 유저독존 천상천하 유저독존
꼬부라진 혀로 중얼대다가 중얼대다가
천상으로 붕 떠 올라서 아래를 내려보는 듯하더니
어느새 아무런 기억이 없어졌더라

눈을 뜨니 사방에 아무도 없네
게 아무도 없느냐 게 아무도 없느냐
열 번은 더 외치고 나니 비실비실 나타난 내시

다들 어디 갔단 말이더냐
아뢰옵기 황송하오나 아뢰옵기 황송하오나
바들바들 몸을 떠는 내시
그만 황송하고 빨리 아뢰렷다
전하가 독존하고 싶다 해서 모두 떠났습니다

이런 황당한 일이 있나 중전은 어디 갔느냐
아뢰옵기 황송하오나 중전마마는 의금부로
무엇이 의금부로? 스승님은 어디 가셨나?
아뢰옵기 황송하오나 역시 의금부로 가셨나이다
이제 소인도 가야 하옵니다
전하만이 오로지 존귀하게 계시옵소서
천상천하 유저독존 천상천하 유저독존
내시가 가면서 주문 외우듯 울려퍼지는 소리

텅빈 공간에 홀로 남은 멧돼지
그곳이 편전인지 의금부 독방인지 돼지우리인지
신하 궁녀가 도열한 임금이 진짜인지
홀로 남은 멧돼지가 진짜인지

몽롱한 상태로 천상천하에 홀로 존귀하게 남은
멧돼지의 일장춘몽 그 열째 이야기
옛날 아주 먼 옛날 아주 아주 먼 나라의 이야기란다
믿거나 말거나…

# 멧돼지의 일장춘몽, 그 열한째 이야기

– 토사저팽(兎死猪烹)


옛날 아주 먼 옛날 아주 아주 먼 나라에
멧돼지라 불리는 사나이가 있었더란다
이 사나이 정말로 어쩌다 임금이 되었는데
지 나라보다 이웃에 있는 섬나라를 더 사랑했더라
어린 시절 애비 멧돼지 따라 섬나라 가서 산 경험도
있어
어려서부터 밥상머리에서 배운 게 섬나라 숭상
주위 사람들이 죄다 섬나라를 섬기는 이들
임금 되는 데 함께해 준 이들도 섬나라 섬기는 이들이라

그렇게 그리던 섬나라를 임금이 되어 방문했더라
때는 춘삼월 따뜻한 햇살이 비추는데
멧돼지 가니의 손을 잡고 찾아간 섬나라
어찌나 환대를 하는지 오므라이스도 먹고
보는 사람마다 웃으면서 인사를 하는데
저절로 섬나라 깃발 앞에 머리가 숙여지더라
그리하여 섬나라 사람들의 인심을 사고 왔건만
나라 팔아먹었다고 난리니 멧돼지 도저히 이해가 안
되는데

낮술 한잔하고 나른한 봄날 따뜻한 햇살 쬐고 있는데
승지 하나가 다급한 목소리로 달려 와서 한다는 소
리가
전하 전하 큰일 났사옵니다 큰일 났사옵니다
도대체 무슨 큰일이 났다고 가쁜 숨을 몰아쉬나 하니
아뢰옵기 황송하오나 아뢰옵기 황송하오나
그만 황송하고 빨리 큰일이 무언지나 아뢰어라
전하가 섬나라 총리대신과 나눈 이야기가
섬나라 언론에서 크게 나왔다고 떠들썩합니다

섬나라 총리대신과 무슨 이야기를 나눴더라
멧돼지 술기운에 그냥 생각하기가 귀찮아져서
도대체 무슨 이야기를 했다고 난리냐
요즘 하도 난리굿이 많아서 만성이 되기는 했다만
그래도 아무리 맷집이 좋은 멧돼지라도
요즘 하도 두들겨 맞으니 겁이 나기도 하는데
아무리 생각해도 상대가 듣기 좋은 말한 것밖에
큰일 날 말을 한 기억이 없으니 이를 어쩐다냐

가물가물한 그날의 회담을 이를 악물고 떠올려 보니
주위를 다 물리고 섬나라 총리대신과 독대한 멧돼지
총리대신이 갑자기 시종을 불러서 무엇을 가져오라 했
는데
무엇인가 했더니 커다란 칼이렷다
아니 이게 무슨 짓이오 라고 한마디 하기도 전에
쫄지 마시오 이건 역사적 유물이니 보여주는 거요
총리대신이 내미는 칼의 칼집에
한순간에 번개처럼 늙은 여우를 베었다고 씌어 있더라

아하 사냥용 칼이구나 하고 그냥 웃어 넘기려는데
여기서 여우가 누군지 아시오 귀국의 왕비였던 사람
이오
이건 또 무슨 말이냐 우리 왕비가 이 칼로 베어졌다니
우리가 귀국을 점령하려 할 때 장애물이 왕비였소
그래서 그 왕비를 이 칼로 베어버린 것이오
역사적으로 아주 소중한 유물이라 신사에 보관하고
있소
아니 남의 나라 왕비를 베어 놓고는 그 칼을 보관하다니

멧돼지의 생각으로도 도무지 이해가 안 되어 어리둥절
한데

왜 우리가 임금이 아니라 중전을 베었는지 아시오
당시 중전이 실권자라서 그랬던 거요
지금도 귀국은 중전이 실권자라는 말이 있던데
아니 그런 비밀까지 어떻게 알았지
그래도 그런 말을 그냥 수긍할 수는 없어
그럴 리가 있겠사옵니까 천부당 만부당하옵니다 폐하
하하하 우리나라의 폐하는 따로 계시오
나는 총리대신이란 말이오 총리대신

섬나라 임금이 따로 있는 걸 왜 모르겠는가
그냥 기분 좋다가 쫄다가 하다 보니 그리 된 것
총리대신이 현안을 말하겠다면서 죽도라는 섬이 있으니
자기네 땅이라고 한마디 했고
멧돼지는 그저 듣고만 있었을 뿐
그것이 섬나라 언론에서 나왔던 모양
그 섬은 홀로섬이라고 해서

멧돼지 나라 사람들이 소중히 여기는 영토

한때 섬나라 승상하던 영의정이 섬나라에 가서
그 섬 가지고 다툴 거면 차라리 폭파하자고 했다던데
그때도 난리가 났었지 멧돼지 어릴 때라 잘 모르지만
멧돼지 생각으로는 그까짓 무인도 줘버려도 될 법한데

그런 말을 했다가는 공주처럼 쫓겨날 판이니
아무 말도 못하고 있을 수밖에 무슨 수가 있것냐
멧돼지 나라 개 돼지 백성들이 가만 있지 않을 터이니
이제 어찌해야 할지 막막하기만 하구나


섬나라에서 지진 때문에 원전 사고가 크게 났었는데
그때 방사능에 오염된 물을 바다에 방류하겠다고 하고
그 때문에 섬나라 해산물 수입을 금지하고 있는데
총리대신이 멍게를 꼭 수입해야 한다는 것이라
그까짓 오염된 수산물이야 좀 먹는다고 대수인가
섬나라 은혜에 비하면 그건 아무것도 아니라는 멧돼
지 생각
시간이 좀 걸리더라도 백성들이 개 돼지나 다름 없으니
반드시 이해시키겠다고 큰소리를 쳤것다


총리대신 다시 한번 껄껄껄 웃더니
우리나라 같았으면 귀하에게 할복을 하라고 했을 거요
이 무슨 말이냐 끔찍한 소리를 하네
농담한 것이오 우리나라가 아닌데 그럴 리가 있겠소

다만 위 두 가지가 안 되면 토사저팽은 명심하시오
토사구팽은 들어봤어도 토사저팽은 처음 듣네
어리둥절한 표정을 짓고 가만히 쳐다만 보고 있자니
토끼를 잡았으니 멧돼지를 잡는다는 말이오

이제까지 귀하가 우리 섬나라를 위해 애써준 것 감사
하오
하지만 아직도 할 일은 많이 남아 있소
그때까지 귀하는 우리 섬나라를 위해 쓰일 데가 많소
하지만 이제 쓰일 수 없다는 것이 판명되면
우리로서도 어찌할 수 없는 일 아니오
그래서 오늘 이 칼을 보여준 것이오
그러면서 묘한 웃음을 웃던 섬나라 총리대신
그날의 일이 섬나라 언론에 알려졌다니

다시 생각해보니 낮술이 확 깨는 느낌
이제 곧 대국 쌀나라에 가야 하는데
섬나라에서부터 살벌한 말만 듣고
쌀나라는 자꾸 섬나라와 친해지라 강요만 하고

사실 멧돼지가 섬나라를 사랑하지만
쌀나라 아니면 그렇게 서두를 일이 있었것나
이러지도 저러지도 못한 상태에서
에라 모르겠다 낮술이나 좀 더 하자


바깥이 웅성웅성하여 내시를 불러 무슨 일이냐 물으니
아뢰옵기 황송하오나를 연발하며 바들바들 떨더라
괜찮으니 어서 아뢰거라 네 죄를 묻지는 않을 것이니
전하 아뢰옵기 황송하오나 개 돼지들이 대전 앞에 몰
려와서
큰 가마솥을 걸어놓고 기다리고 있사옵니다
대국 쌀나라 가도 손해만 보고 돌아올 것이고
섬나라한테든 대국 쌀나라한테든 삶아질 것이니
그전에 차라리 우리 백성들이 삶을 것이라고 하옵니다


멧돼지 너무너무 놀라고 무서워서 개구멍을 찾았다
는데
그 뒤 멧돼지는 어찌 되었을까
끝내 붙잡혀서 백성들 손으로 삶아졌다는 말도 있고

섬나라로 도망가서 거기서 삶아졌다는 말도 있고
대국 쌀나라에 갔다가 못 돌아왔다는 이야기도 있는데
멧돼지의 일장춘몽 그 열한째 이야기
옛날 아주 먼 옛날 아주 아주 먼 나라의 이야기란다
믿거나 말거나…

# 멧돼지의 일장춘몽, 그 열둘째 이야기
– 발바닥으로 하늘 가리기

옛날 아주 먼 옛날 아주 아주 먼 나라에
멧돼지라 불리는 사나이가 있었더란다
이 사나이 정말로 어쩌다 임금이 되었는데
잘하는일이 몇 가지 있으니
폭탄주 말아 마시고 트림하기
앞에서 이 말하고 뒤에서 저 말하고
유리하면 우기고 불리하면 잡아떼기
미운 털 박힌 놈은 끝까지 물어뜯기

손바닥으로 하늘을 가린다는 말이 있는데
뻔한 것을 아니라고 우길 때 쓰는 말이고
아무리 감추려 해도 진실은 밝혀진다는 말이렷다
멧돼지라는 사나이 이 말을 지극히 사랑하여
손바닥으로 하늘을 가리자 하늘을 가리자
노래처럼 부르고 다니고 그리했건만
근데 이를 어쩌나 손바닥이 없으니
에라 할 수 없다 그럼 발바닥으로 해보자

때는 춘사월 잔인한 달이라고들 했는데

멧돼지에게는 삼월이 정말 끔찍한 달이었더라
그토록 가고 싶던 섬나라를 임금이 되어 방문해서
폼도 잡아보고 오므라이스도 얻어 먹고
가는 곳마다 친절히 대해주는 섬나라 사람들 덕에
절로 섬나라 깃발 아래 고개를 숙였건만
섬나라 총리대신과 회담 할 때 아무 생각없이 한 말이
그 나라 언론에 나오면서 비난받기 시작했는데

멧돼지 나라 사람들은 홀로섬이라고 부르고
섬나라 사람들은 대나무섬라고 부르는 섬이 있어
멧돼지 나라가 옛날부터 지금까지 가지고 있건만
시시때때로 자기네 땅이라고 우기는 섬나라
이날도 섬나라 총리가 섬나라 것이라고 해서
멧돼지는 반박 못 하고 그냥 듣기만 했는데
그것이 그만 섬나라 언론에 나오면서
나라 팔아먹은 임금 이란 소리가 자자하더라

섬나라에 지진이 나고 원전 사고가 났는데
그때 방사능에 오염된 물이 바다에 흘러들어

거기서 나는 해산물은 수입을 금지했는데
한술 더 떠서 이제 오염수를 바다에 투기한다네
총리대신이 그 이야기를 하며 멍게를 수입하라고 해서
백성은 개 돼지 같아 시간만 끌다 보면
얼마가 걸리더라도 이해시킬 수 있다고
큰소리 친 것도 언론에 나서 난리가 났것다

이래저래 끔찍했던 삼월은 가고
쌀나라 대국에 국빈 대접받으며 갈 사월이 왔네
얼씨구나 좋구나 지화자 좋을씨고
멧돼지 가니 손잡고 쌀나라에 가는구나
섬나라에서 있었던 일 무조건 아니라고 우기니
발바닥으로 하늘을 가린다고 누가 뭐라고 하랴
따스한 햇볕 아래 낮술 마시며 비몽사몽간에
쌀나라 가서 무엇 먹을까 꿈꾸고 있는데

갑자기 우당탕 소리가 나더니 승지 하나 달려온다
전하 전하 아뢰옵기 황송하오나 아뢰옵기 황송하오나
그만 황송하고 빨리 아뢰렷다

네 아뢰옵기 황송하오나 큰일이 났사옵니다
대국 쌀나라가 이 나라 저 나라 도청을 했다 하옵니다
그거야 뭐 대국이니까 하는 건데 뭐가 문제냐
승지가 한심하다는 듯 쳐다보다가 얼른 눈을 돌리더니
그게 글쎄 우리 대전까지도 도청을 했다 하옵니다

무엇이 어쩌고 어째 내가 하는 말을 도청했다고
이런 쳐죽일 놈들 아니 분들이 있나
일단 화를 내기는 했지만 그래도 대국인지라
지극정성으로 모셔야 한다는 스승님 말씀도 있었고
멧돼지 역시 자기 나라보다 대국을 더 사랑하였으니
화를 가라앉히자 갑자기 겁이 덜컥 나는 거라
정말 하늘을 우러러 대국 쌀나라 욕한 일은 한 점도
없으니
멧돼지 자신이야 무슨 걱정이 있으리요

그래서 도청한 내용이 무엇이라더냐
화도 가라앉히고 쫄았던 마음도 사라지고
다시 임금의 위용을 보이며 물었것다

스승이나 가니와 한 이야기가 안 나오나
걱정되어 물었더니 그건 없는 것 같고
도승지와 승지가 대국의 요구를 어찌해야 하나
이런 걸 이야기한 것이 도청되었다고 하더라
그 까짓것 발바닥으로 하늘을 가리면 그만인 걸

이럭저럭 시간을 보내고 대국 가는 날이 왔는데
아무리 발바닥으로 하늘을 가리려 해도
섬나라에서 했던 말들이나 대국 도청 이야기나
하나도 잦아드는 게 없는 거라
정승 판서 시켜서 무조건 잡아떼라고 해도
기레기는 물론 개 돼지 백성도 안 믿어서
오랜만에 기레기들 대전 앞에 모아놓고
멧돼지가 직접 기자회견이란 걸 하려고 햇것다

대전 앞뜰에 기레기들 모아 놓고
정승 판서 승지 호위 무사 등 뒤에 죽 서게 하고
오랜만에 일장 연설이란 걸 했것다
국익이 최우선이다 나는 그것만 생각한다

뭐 이런 야그를 두서없이 횡설수설했는데
기레기들 반응이 영 썰렁하네
그래서 쌀나라가 도청은 한 겁니까 안 한 겁니까
섬나라 멍게는 수입한다고 했나요

말만 하고 들어가려는데 여기저기서 질문이 쏟아지네
그중 한 놈이 낯이 익구나 맞다 바로 그놈이다
언젠가 아침 회견 때 소리치며 대들던 놈
그놈 때문에 출근길 회견도 없애 버렸지
의금부는 저런 놈 처리 안 하고 뭐하나
엄마 아빠 형 누나 동생 사돈의 팔촌까지
디립다 뒤져 조지면 까불지 못할 텐데
근데 저놈이 왜 여기 있지 출입기자를 바꾸지도 않나

멧돼지 입맛을 다신 뒤 머리를 좌우로 돌리더니
분명히 말합니다 멍게 멍자도 말한 일 없어요
그럼 왜 섬나라 언론에서 그렇게 보도하죠
그야 내가 어떻게 알아요 거기 가서 물어보세요
쌀나라 도청에는 어떻게 항의하실 건가요

형님들...

대국에서 악의적으로 그런 일 한 적도 없어요
조사도 안 하고 선의인지 악의인지 어떻게 알지요
그야말로 손바닥으로 하늘 가리기 아닌가요

그 말을 듣는 순간 갑자기 하늘이 눈이 부시네
멧돼지 앞발 들어 하늘을 가리나 역부족이다
다른 발 들어서 가려도 턱없이 부족하네
뒷발 하나 들어 가리니 얼추 가려지는구나
마저 가리자는 욕심에 나머지 뒷발 하나도 들었것다
어 가려진다 가려진다 하다가 꽈당
뒤로 벌렁 나자빠진 멧돼지
하늘은 캄캄해지고 별만 떠 있는데

그 뒤 멧돼지는 어찌 되었을까
들것에 실려가서 뇌진탕 판정을 받았단 말도 있고
눈 감았다 떠보니 멧돼지와 임금 중 어느 게 진짜더냐
모든 것이 봄날 한바탕 꿈이었단 말도 있는데
멧돼지의 일장춘몽 그 열둘째 이야기
아주 먼 옛날 아주 아주 먼 나라의 이야기란다
믿거나 말거나…

# 멧돼지의 일장춘몽, 그 열셋째 이야기

## – 몽둥이 든 도둑놈을 잡아라

옛날 아주 먼 옛날 아주 아주 먼 나라에
갑자기 도둑떼가 들끓는다 하여
도둑 잡으라는 백성들 원성이 자자했것다
그러면서 백성들 사이에서 떠도는 말이
도둑놈이 몽둥이를 들었으니
이를 일컬어 예부터 적반하장이라고 했것다
그놈부터 먼저 잡아야 한다고들 말한다는데
무슨 야그인지 한번 들어볼거나

어쩌다 이 나라 임금이 된 멧돼지
그래도 출신이 의금부 검새 그 중에서도 대장이라
도둑 잡는 데는 일가견이 있다고 스스로 생각하는데
자기 나라에 도둑이 떼로 들끓는다는 말을 들으니
도저히 참을 수 없어 의금부 포도청 모두에 특명을 내
렸것다
당장 도둑놈들을 싸그리 잡아서
대전 앞에 무릎 꿇려 놓아라
내 친히 국문을 하리라 큰소리를 쳤것다

도둑떼가 누구냐
첫째가 나라 팔아먹는 도둑놈들
둘째가 나랏일 멋대로 바꿔서 땅값 올려 챙긴 도둑놈들
셋째가 백성들의 피땀으로 낸 세금을 마음대로 써먹은 놈들
이렇게 딱 정리하고 보니 한결 수월하구나
이놈들 잡는 데 모든 수사인력을 동원해라
힘이란 건 이럴 때 쓰라고 있는 거다
선비들 눈치 기레기 눈치 보지 말고 마구마구 잡아 조져라


나라 팔아먹은 도둑놈들 추적이 시작되었것다
한참을 뒤져도 잡히지를 않네
멧돼지 생각에 도대체 이 놈들이 누구냐
승지에게 물으니 아뢰옵기 황송하옵니다만을 연발하다가
드디어는 죽여 주시옵소서만 계속하는구나
도대체 그 놈들이 누구인지 알려만 다오
멧돼지 아직도 혈기방장하여

당장이라도 잡으러 뛰어갈 태세인데

승지가 슬그머니 유튜브를 틀어주는구나
선비 하나가 나와서 나라 팔아먹는 도둑놈 야그를 하
더라
이 나라는 백 년이 조금 더 지난 예전에
섬나라의 침략을 받아 식민지가 된 적이 있었겄다
그때 나라를 찾겠다고 싸우던 사람들도 있었고
섬나라에 붙어 가문의 영광을 빛낸 매국노들이 있었
는데
아 글씨 나라 찾은 뒤에도 이놈들이 부귀권세를 차지
하니
이놈들 쫓아내려는 싸움이 지속되었다는데

요즘 이놈들이 다시 권좌를 차지해서
섬나라 강도짓 배상도 그냥 넘어가려고 하고
백성들이 소중하게 여기는 홀로섬도 넘기려 하고
백 년도 더 된 일이니 강도짓을 더 이상 묻지 말자고
하더니

방사능 잔뜩 묻은 멍게도 수입하고
바다에 핵오염수를 투기한다는데 나서서 감싸주고
그 옛날 군홧발로 짓밟은 섬나라 군대가 다시 들어오
게 하니
이 어찌 나라 팔아먹는 도둑놈들이 아니고 무엇이겠
는가

멧돼지 유튜브에 나오는 선비의 야그를 듣고
거 참 말 한번 잘한다 나는 언제 저렇게 할 수 있을까
이리 하다가 생각해 보니 왠지 자기 야그 같아서 찜찜
한데
에라 모르겠다 그렇다 치고 둘째 도둑놈들은 누구냐
이번에도 승지는 그저 유튜브만 틀어주더라
웬 동글동글한 선비 하나가 나와서 이야기하는데
이건 도둑놈이 아니라 도둑년이라네
그것도 엄마와 딸이 한통속이 된 도둑년들

멀쩡하게 계획 다 된 고속도로 종점을
건설대신에게 하명하여 자기 땅 앞으로 바꾸게 하여

상상하기 어려울 정도의 천문학적 땅값을 벌었다는데
이게 들통나서 여기저기서 시끌벅적하자
건설대신이란 자 한마디로 건설 계획을 발로 차버렸
것다
멧돼지 이 야그를 듣고 건설대신에게 하명하다니
도대체 얼마나 힘이 세기에 그런단 말이냐
이건 가니 야그 같은데 참 거시기 하네

그럼 셋째 도둑놈들은 누구냐 물으니
이번에도 유튜브를 틀어주네
멧돼지 이번에는 자기가 잡으려는 도둑들이러니 했것다
노조한다고 시민단체 한다고 혈세 지원받는 놈들
그런 놈들 잡아야 하지 않을까
몇 놈 시범적으로 잡아보니 5만 원 쓰고 영수증 없고
조합비 받아 쓰고 외부에 장부 공개하지 않는 노조
이런 놈들을 바로 이권 카르텔이라고 하지 않던가

멧돼지 이런 놈들 말하리라 기대하고 들어 보는데
세금 도둑 잡는다는 선비 하나가 나와서 말하더라

근데 웬일이냐 의금부 이야기가 나오네
의금부가 특활비라고 하면서 영수증도 없이 돈을 쓰고
자기들끼리 나눠 먹기도 하고
의문의 열다섯 명에게는 매달 현찰로 주었다지
그 돈이 무려 수백억 냥이나 된다고 하는데
멧돼지가 의금부 대장할 때 있었던 일이라더라

멧돼지 이제 누가 도둑인지는 그만 듣기로 하고
출정하자고 갑옷 입고 칼까지 들었것다
승지 내시 상궁 궁녀 할 것 없이 모두 머뭇거리는데
대전을 나서자마자 구름떼 같이 모여든 백성들
아 내가 도둑 잡으러 나간다니 함께하는구나
역시 우리 백성들은 공정과 상식이 있네
그런데 그 백성들이 모두 개 돼지로 보이네
그것도 무슨 개 돼지가 촛불을 들었네

촛불 든 개 돼지가 일제히 지르는 함성
도둑놈이 몽둥이를 들었다 적반하장 적반하장
몽둥이 든 도둑놈부터 잡아야 한다

이러면서 대전으로 몰려들어 온다
게 누구 없느냐 이것들이 왜 이러냐
둘러봐도 승지 내시 상궁 궁녀 개미새끼 한 마리 안
보이더라
놀라 자빠질 듯하여 담 넘어 도망치는데
아득히 꿈속인 듯 들리는 소리 적반하장 적반하장

그 뒤 멧돼지는 어찌 되었을까
담 넘다 넘어지고 자빠져서
촛불 든 개 돼지들에게 붙잡혔다는 말도 있고
눈 감았다 떠 보니 멧돼지와 임금 중 어느 게 진짜더냐
모든 것이 삼복더위 낮잠에 꾼 꿈이었단 말도 있는데
멧돼지의 일장춘몽 그 열셋째 이야기
아주 먼 옛날 아주 아주 먼 나라의 이야기란다
믿거나 말거나…

# 현실이 된 악몽, 실현되지 못한 꿈

## 방인석(문학평론가)

"옛날 아주 먼 옛날 아주 아주 먼 나라에/멧돼지라 불리는 사나이가 있었더란다", "옛날 아주 먼 옛날 아주 아주 먼 나라의 이야기란다/믿거나 말거나…". 약간의 변주는 있지만, 시집에 실린 열세 편의 시(이야기)의 시작과 끝이다. "아주 먼 옛날 아주 아주 먼 나라의 이야기"는 누가 읽어도 '지금', '아주 아주 가까운 나라'의 '누구나 다 아는 이야기'로 읽힌다. "믿거나 말거나…"라며 말끝을 흐리며 눙치고 있지만 믿을 만한 이야기로 읽어주기를 바라는 시인의 마음이 선명하다. 시인은 이 시가 우리가 기억해야 할 진실이자 우리가 처한 현실이며 외면할 수 없는 우리의 삶이라는 사실을 애써 말하고 있다.

시인은 멧돼지의 개인사와 정치적 현실을 교차하여 서술함으로써 멧돼지의 일상이 아주 자연스럽게 정치와 결합되어 있으며 우스꽝스럽게도 그것이 정치적으로 현실화되고 있음을 시사한다. 우리의 정치가, 그 정치에 기반

한 삶이 날카로운 분석과 통찰, 깊은 숙고와 성찰의 결과가 아니라 한낱 낮술에 취한 멧돼지의 일탈과 방관, 망언에 의해 구성된다면 어떻겠는가. "백성을 괴롭히고 나라를 혼란스럽게 만드는 멧돼지 암수 한 쌍"이 우리의 삶을 좌우한다면 어찌해야 하는가. 시인은 웃고 넘어갈 수만은 없는 우리의 삶, 그 삶의 비참을 고스란히 담아내고 있다.

각 시(이야기)의 마지막엔 멧돼지를 향한 백성들의 원성과 질타, 저항과 비판이 현실인 듯 꿈인 듯 교묘하게 담겨 있다. 아마도 현실과 꿈의 경계를 모호하게 설정함으로써 실현되지 못한 욕망을 표출하는 것으로 보인다. 각 시에서 '멧돼지의 일장춘몽'으로 묘사되는 장면은 현실이 아니지만 "개 돼지들"로 불리는 백성들의 욕망을 대변한다. 아이러니하게도 백성들의 꿈이 낮술에 취한 멧돼지의 꿈을 통해 실현되고 있다. "믿거나 말거나"를 연발하며 한낱 꿈에 불과하다고 말하면서 시인은 실현되지 못한 백성들의 욕망을 드러낸다. 열세 편의 시에서 모두 볼 수 있는 이러한 구조는 실현되지 못한 꿈을 마치 실현된 것으로 착각하게 한다. 여기에 낮술에 취한 멧돼지가 유발하는 웃음이 더해져 자못 현실감까지 느껴진다. 어쩌면 현실감 있는 잠깐의 착각이 우리를 다시 살게 하는지도 모른다. 이런 이유로 정해랑의 시는 대상에 대한 풍자를 넘어 비참을 살아가는 사람들을 위로하고 고단한 마음을 달래는 힘이 있다.

■ 시인의 말


시는 모순입니다.
시는 아무리 날카로운 창이라도 막을 수 있습니다.
시는 아무리 단단한 방패라도 뚫을 수 있습니다.
그래서 시는 모순입니다.


시가 가난하고 억눌린 사람들을 위해 아무것도 할 수 없지만
위로는 할 수 있다는 말이 있습니다.
저는 다르게 생각합니다.


시가 슬픔을 달래고
분노를 노래하는 데서
머물러서는 안 된다고 생각합니다.


시는 어떠한 음모와 탄압의 창도 막을 수 있습니다.
시는 어떠한 거짓과 탐욕의 방패도 뚫을 수 있습니다.


여기 열세 편의 시가 자주와 평화를 위한 긴 여정에
나선 이들에게 든든한 방패, 소중한 창이 되었으면 좋겠

습니다.

　그 기나긴 여정에서 지금 이 순간에도 함께하고 있는 주권자전국회의, 전국비상시국회의, 3.1민회, 21세기 민족주의포럼의 많은 분들이 있었기에 이 시를 쓸 수 있었다고 생각합니다.

　이 책이 나오기까지 정성을 다해 준 형서 지상을 비롯한 많은 동문들, 좋은 그림으로 시를 풍성하게 해준 김동호 화백과 해토출판사 고찬규 대표에게도 고마움의 인사를 드립니다.

　지난 40년 동안 늘 함께 있었던 아내 선희, 비워가는 내 삶을 이어달리며 새로운 삶을 채워갈 동건, 다윤에게도 사랑과 존경 그리고 감사의 마음을 전합니다.

2023. 10
정 해 랑